長編歴史ＳＦミステリー

本能寺消失

信長秘録

井沢元彦

JN126344

コスミック・時代文庫

この作品は一九九七年四月幻冬舎から刊行された「洛陽城の栄光　信長秘録」を加筆修正したうえ改題したものです。

目次

第一章　太閤信長

気がついた時、真っ青な色が目に焼きついた。
（何だ、この色は？）
考える間もなく次に肺に激しい衝撃が来た。
咳《せき》が出た。
強烈な塩辛さが喉を打った。
彼は苦しさのあまり体を反転させた。
一面の青が輝く陽光に変わった。
空には太陽が輝いている。
（海か――）
彼はようやく自分の位置がわかった。
大海の中にいる。彼は体勢を立て直して、立ち泳ぎを始めた。

（どこかに陸はないのか）

体をほぼ三百六十度回転させた時、それほど遠くないところに陸が見えた。

その先に、何か途方もなく大きな建物が見えた。

（あれは何だ）

そんな疑問が湧いたが、そんな詮索《せんさく》よりもこの身を落ち着けるのが先決である。

彼は岸へ向かって泳ぎ始めた。

高林甚十郎《じんじゅうろう》はその日、久しぶりの非番だった。非番の時は馬を駆って遠出をするのが、何よりの楽しみだった。

何しろ、このところ戦《いくさ》らしい戦もなく平穏続きなのである。

甚十郎のような戦士にとって、平時の御殿勤めは身にこたえた。

茅渟海《ちぬのうみ》——甚十郎はこの言葉の響きが好きだった。

城下に広がる真っ青な海、その果てしなく広がる海に巨大な夕陽が沈む時、それはまさに息をのむほどの見事さである。

暑い盛りに、甚十郎はわざわざ山里まで足をのばして涼を求め、帰りに夕陽を見ようと海浜に出た。

その時、甚十郎の目に奇妙なものが映った。

何者かが沖からこの岸めざして泳いでくる。

（ほう、なかなか見事な泳ぎじゃの）

甚十郎はそのことに感心した。

甚十郎にも水練の心得はある。

しかし、その男の泳ぎ方には見覚えがなかった。まるで急流をさかのぼる魚のように、目の覚《さ》めるような速い泳ぎである。

（あれは一体どういう泳法だ）

甚十郎が馬を降りたのは、その泳法に興味があったからだ。いや、むしろそれを習得したいとすら思ったのである。

そのうちに、甚十郎は、泳いでいる男の異様な風体《ふうてい》に気がついた。

髪は、まるで破戒坊主のように短くしている。それだけではない、何よりもおかしいのは、その男の服装だった。

全身をぴったりとおおう青い服、まるで魚の肌のような不思議な光沢がある。

甚十郎はその男を一瞬も見逃すまいと、じっと目をこらしていた。

やがて男は岸にたどり着き、全身から水をしたたらせながら、砂浜に上がってきた。

甚十郎は駆け寄って、

「おたずね申す、いまの泳法見事でござった、どちらで習得されたのか」

「――――」

答えはなかった。

甚十郎はあらためて男の異様な風体に首を傾《かし》げた。

その服は青一色で、上衣と下衣がつながっている。胸のところに掌《てのひら》ぐらいの白い星形の紋章が染め抜かれている。そして腰帯は銀色で中央に金の飾りがあった。

(南蛮《なんばん》人か)

甚十郎は一瞬そう思った。

しかし、よく見ると違う。

背は高く、手足も細く、特に足は長いが、髪は黒で目も黒い。鼻筋の通った優男《やさおとこ》だが、あくまでこの国の顔である。

「ご姓名の儀をうかがいたいが」

「えっ」

初めて男が答えた。

何か異様な鳥の鳴き声を聞いたかのような顔をしている。

「お名前でござる。名でござるよ」

「名？」

男にはその言葉の意味はわかった。

だが、それに対応する答えが頭の中に見つからない。

「どうなされた？」

男は激しい頭痛を感じていた。

名前が思い出せない。

「名は、名は――」

男は口をぱくぱくさせて、

「――２０３９《ニレイサンキユウ》」

それだけ言うと、砂浜に顔を突っこむようにして倒れた。

どれくらい時間がたったのだろう。

男は再び意識を取り戻した。

「おっ、気がつかれたか」

甚十郎は笑みを浮かべた。

「ここは？」

「拙宅でござる」

男はぼんやりとした意識のまま、周囲を見渡した。

木の天井が見え、障子が見えた。

板敷の床の上に布団《ふとん》が敷かれ、自分はその上に寝かされていた。

「仁礼《にれい》三九郎殿と申されたな」

甚十郎は男に向かって言うと、律儀に頭を下げて、

「拙者、太閤《たいこう》殿下の直臣《じきしん》にて、高林甚十郎と申す、見知り置かれたい」

真っ黒に日焼けした肌に、白い歯がまぶしい。甚十郎は引き締まった体軀《たいく》を乗り出すようにして、

「仁礼殿は、変わった服をお召しじゃな。いや、実はお脱《ぬ》がせしようとしたのだが、どこから手をつけていいものやら、わからなんだ」

「――――」

仁礼と呼ばれた男は、無言で甚十郎を見ていた。

（サムライ――）

そんな言葉が何の脈絡もなく浮かんだ。

「察するに、仁礼殿は異国で何やら修行を積まれて帰られたところではないかな」

「異国――」

「左様、イスパニアとか、ポルトガルとか」

「――」

「違いますのか？」

「――いや、違わない」

仁礼はたどたどしく答えた。

「おお、やはりそうか」

甚十郎は大きくうなずいて、

「で、どちらにおられた？　イスパニアでござるか、それともポルトガルで」

「どちらでもない、もっと遠く、はるか遠くの国だ。――私はそこで生まれた」

「なるほど、では父上の代からそちらへ行かれたのであるな」

甚十郎はあらためて威儀を正すと、

「仁礼殿、これはご本復《ほんぷく》なされてからのことで結構なのだが、わが主君太閤殿下に会ってくださらぬか。太閤殿下はことのほか珍しいものがお好きでな。貴殿が異国の体験を語ってくだされば、殿下はきっとお喜びになるであろう。拙者も面目が立つというもの、この儀重ねてお願いつかまつる」

と、頭を下げた。

仁礼はしばらく答えなかった。太閤という聞き慣れぬ言葉が耳につかえていたのである。

(太閤とは何だ?)

仁礼は自問した。

するとそれに対する答えが、するすると意識の底から浮かび上がってきた。

(太閤——関白《かんぱく》の位をその子に譲った人に対する敬称。史上何人もいるので本来は普通名詞だが、単に太閤と言った場合は最も有名な豊臣秀吉を指すことが多い)

仁礼はその定義を頭の中で反芻《はんすう》していた。

「どうなされた?」

甚十郎は仁礼の様子が変なのに気づいて言った。

「いや、何でもない。——甚十郎殿、その関白、いや太閤殿下とは豊臣公のことか?」

「豊臣? はて、そのような公家《くげ》はおらぬはずだが」

と、甚十郎は奇妙な顔をして、

「拙者が申す太閤殿下とは、この世にただ一人、織田信長公のことでござる」

「信長、公？」

仁礼は驚きの声を上げた。

甚十郎はますます変な顔をして、

「仁礼殿は、殿下の御名をご存じではなかったのか？」

「いや、知っている。知ってはいるが――」

仁礼は混乱した。

何かはわからないが、何かが違っているような気がした。
二、三日過ぎると、仁礼は段々と環境に慣れてきた。
高林家は織田家五百貫文《かんもん》をとる侍だった。

これは米に換算すれば二千石《ごく》に相当する。高級の将校といったところだろう。

仁礼は自分がどうしてそういう知識を持っているのか、さっぱり思い出せなかった。

自分について思い出せるのは、今いる世界とは違う別の世界から来たということ、そして自分が「２０３９」であるということだけだ。

２０３９、これが自分に関する数字だということはわかる。しかし、肝心の名前の方はさっぱり思い出せないのだ。

甚十郎は相変わらず自分のことを「仁礼」と呼ぶ。

それを否定したところで、ではどう呼べばいいのかと言われても困るから、いまのところはそう呼ばせておくより仕方がない。しかし、本当は違うことも事実なのだ。

仁礼は、まず情報収集につとめた。

甚十郎は城に出仕してしまったので、その妻女に話を聞いた。妻女は綾《あや》といい、子を二人産んでいるが、とてもそのようには見えない。

「いま、私がいるところは、何という名の町ですか」

「まあ、そんなこともご存じなかったのですか」

ころころと綾は笑って、

「洛陽《らくよう》と申しますのよ」

「洛陽。――それは中国の都の名前ではありませんか」

「はい、そのようにうかがっております」

驚く仁礼を尻目に、綾はあっさりと答えた。

「――太閤様は、この地から一向《いっこう》門徒を追い払い、新たに城をお築きになりました。その際、洛陽とお名づけになったのです」

「では、ここは？」

「城のあるあたりは石山《いしやま》、このあたりはオサカと申します」

「オサカとは、どういう字を書くのです？」

「特に字はございません」

「字はない」

「はい」

そんな問答をしているところに甚十郎が帰ってきた。

綾がその話をすると、甚十郎はさらに詳しく説明してくれた。

「殿下はもともと、このあたりがいたくお気に召されてな。天下を統《す》べるにはこの地に都を築き町を造ることが第一と、つねづね考えておられたのだ。だが、この地には、あのナムアミダブツを唱える門徒どもの城があってな」

「石山本願寺、ですか」

「おう、ご存じか、まさしくその本願寺じゃ、門徒どもは何かといえば一揆《いっき》を起こし、われらが命《めい》には従わぬ。殿下はこれを滅ぼすのに、筆舌に尽くし難い苦労を重ねられてな。ようやく、石山の地を入手されたのじゃ」

「それは、いつのことです？」

「左様、四年前であったかな」

「四年、すると、今は何年ですか？」

その問いに、甚十郎と綾は互いに顔を見合わせた。

「——どうも、遠い国にいたので、この国のことはよくわからないのだが」

仁礼がそう言うと、甚十郎はうなずいて、

「霊鳳《れいほう》二年じゃ」

「霊鳳」

仁礼は記憶をたどった。

そんな年号は頭の中に入っていない。

「——天正《てんしょう》ではないのか」

「天正？　ああ二年前まではそうだ」

「二年前というと」

「天正十年、次の年に改元されたのでな」

「改元されたのか」

仁礼はまた考えこんだ。

甚十郎はそんな仁礼の様子にはかまわずに、

「仁礼殿、本日、殿下にお目通りし、貴殿のことを申し上げたところ、いたくご興味を示されてな。ぜひとも、明日連れて参れとの御諚《ごじょう》なのじゃ。お願い申す、明日、拙者と同道し、登城していただけまいか」

「しかし、それは――」

仁礼はためらった。

自分が何者かもわからないような状態で、最高権力者と会って何をするというのか。

「お願いでござる」

甚十郎は再び頭を下げた。

世話になっている甚十郎にそうまで言われては、仁礼も断わることができなかった。

翌朝、仁礼は甚十郎と轡《くつわ》を並べて城へ向かった。

ここ二、三日、仁礼は着物を借りて着ていたが、甚十郎の懇望できょうは例のぴったりとした服を身に着けていた。また腰には甚十郎から贈られた大小の刀を差していた。不思議なことにその使い方もわかっていた。前に習ったらしい。記憶にはないが。

城下は未完成で、あちこちで建物の工事や道の普請《ふしん》が行なわれていた。

平野の上に、これまで一度も見たこともない巨城があった。

全体が城壁と堀という二重の防御施設で囲まれている。

堀の外側には川が縦横に流れ、城壁に至るまでには幾つもの橋を渡らねばならない。

その橋は金銀珠玉《しゅぎょく》で飾り立てた、目にも鮮やかなものであった。

城門は、まるで唐《から》の国の都の門を思わせ、入口には「洛陽」と書かれた横書きの額が掲げられている。

「洛陽城――」

仁礼は思わずつぶやいた。

城門は開かれていた。

その奥には、今度は西洋風の、いや南蛮風ともいうべきか、まるで教会の大聖堂のような建物が鎮座していた。

かと思うと、城の最も中心である天守は、あくまで七層の和風の建築で、最上階のみが、中国の絵によく出てくる楼閣状の建物である。

すべてが完成していなかった。

特に天守の方はまだ作業用の足場が組まれている。

「太閤殿下はこの地を洛陽と名づけられたのだな」

仁礼は甚十郎に語りかけた。

「そうだ」

「どうして洛陽とつけた？」

「殿下は天命を受けた御方だ――」

と甚十郎は誇らしげに、

「それゆえ、殿下は、自らを唐土《もろこし》の周《しゅう》の国の王者に擬《ぎ》されておる」

「周か――」

その名は仁礼の記憶にあった。

中国の歴代王朝の一つで、暴虐な殷《いん》を倒した特に徳の高い国とされている。

「先に殿下は天下布武《ふぶ》の志を表明された時、この周国が岐山《きざん》という小さな邑《むら》より起こったことにちなんで、美濃《みの》稲葉山を岐阜《ぎふ》とあらためられた」

「そこで、天下平定のおりには、都を造り周の都にちなんで洛陽と名づけることを考えていた、と？」

「さすがに仁礼殿じゃな、わかりが早いわい」

甚十郎は豪快に笑った。

「なるほど、それで洛陽か」

そう言われてみると理屈は通る。

一見、中国風でなじみのない地名だが、考えてみれば稲葉山を岐阜とあらためた時も、一般の印象はそうだったろう。

岐阜というのも、大和《やまと》言葉にはない、硬い響きがある。

御殿の入口である内門のところで、馬を降りた。ここからは徒歩である。

ここでもまだあちこちで工事が行なわれている。

「完成はいつ頃だ」

「カンセイとは何だ?」

甚十郎が妙な顔をして聞き返したので、仁礼は言い直した。

「全部でき上がるのはいつか、と聞いておる」

「ああ、五年はかかるじゃろうな」

「五年、それはまた長いな」

「何の、長いことがあるものか。本来この途方もない城なら、十年かかってもおかしくはない。それをたかだか五年で済ませるのだからな」

「そう言えば――」

と、仁礼は今まで聞きたくて忘れていたことを思い出した。

「甚十郎殿、殿下は天下統一を果たされたのか？」

甚十郎は首を振って、

「まだ全部ではない。九州の島津《しまづ》、関東の北条《ほうじょう》――まあ、小物しか残っておらんがな」

「毛利《もうり》は？　四国の長宗我部《ちょうそかべ》は？」

「毛利は殿下に降伏した、長宗我部は逆らったゆえに、滅ぼされたではないか、それも知らんのか」

「いや、知らなかった」

御殿に上がると、取次の侍が現われ、仁礼の風体をじろじろと見た。

それだけではない。城中どこからともなく老若男女が集まってきて、仁礼と甚十郎が待たされている座敷をのぞきこんだ。

「貴殿のことは、よほど評判になっているとみえるな」

甚十郎は一向に気にせず、むしろ嬉しそうだった。

「おぬしが吹聴《ふいちょう》したのだろう」

仁礼は冗談のつもりで言ったのだが、甚十郎はにやにやして、

「ご明察、恐れ入る。その通りじゃ」

そう答えたので、仁礼はかえってびっくりしてしまった。

「せっかくの珍客じゃ。言い触らしておくのも悪くないと思ってな」

「呆《あき》れたお人だ」

「いやあ、はっはっは」

甚十郎が笑うと何となく憎めないところが出てくる。

仁礼もこれ以上難詰《なんきつ》する気はない。

「それよりも、もう一つ聞いていいか」

「何だ。ここは人目がある。そのつもりでな」

豪胆なようで甚十郎は極めて細心でもあるらしい。

「太閤殿下は、――どうして太閤なのだ?」

「うん?」

「いや、その、つまりだな――」

と、仁礼は頭の中で問題を整理して、

「かつて殿下は右大臣だったな」

「そうだ」

「しかし、任官して、わずかな月日で辞められたのではなかったか」

「その通りじゃ」

「それから後は、朝廷の要請にもかかわらず、関白就任すら断わっていたのではないか」

「そうだ、貴殿の申される通り」

甚十郎はあっさり認めた。

「それがわからない。太閤という称号は関白を辞めた人ということだろう。ならば関白になったということではないか」

「そういうことか、それならわかる」

甚十郎はうなずいて、

「貴殿の申される通り、上様は、いや殿下は帝《みかど》の御諚を辞退されていた。だが、それはまだ機が熟さぬというお考えあってのことだ。天下がほぼ手中に収まらぬ限り、まだ関白とは畏《おそ》れ多い。そのご遠慮がおありになったのでは――」

「なるほど、それで今ならよしと、関白になられたというわけか」

「そうだ」

「では、その関白をどうして辞められた。まだ日が浅いのではないのか」

「三日でな」

「三日？」

仁礼は聞き違いかと思って、甚十郎の顔を見た。

「三日じゃ。織田様の三日関白というて、世に高い噂になったのに、貴殿は知らぬと見えるな」

甚十郎は面白そうに言った。

「どうして、たった三日で」

「そのことについては、殿下自身がおおせられておる。関白の座にあれば、宮中にも参内《さんだい》せねばならぬし、帝の補佐をもせねばならぬ。それでは勝手にふるまえぬ、とな」

「それで関白の座をたった三日で捨てて、太閤となられたのか」

甚十郎はうなずいて、

「もっとも、関白の座はご嫡男信忠《ちゃくなんのぶただ》様が継がれたゆえ、いぜん織田家の手の中《うち》にある」

「名を捨てて実を取ったというわけだな」

「まあ、そういうことだな。名も捨てたわけではないが」

二人はずいぶん待たされた。

呼び出しが来たのは昼近くになってからである。

「こちらへござれ」

先導役は、前髪をまだ落としていない、水もしたたる美貌の小姓だった。男のくせに、金糸銀糸をふんだんに使った派手な衣裳を身に着けている。

対面の間に至る廊下が、またやけに長かった。

池や泉水がいたるところに掘られ、松や桜が涼しげな木陰をなしている。

このあたりはすでに完成していた。

(これだけの庭園をよく造ったものだな)

仁礼は感心していた。

対面の間は、百畳敷はあろうかと思われるほどの大きな部屋だった。

「仁礼三九郎を召し連れましてございます」

「近《ちこ》う寄れ」

カン高い声が座敷中に轟いた。

一番奥の一段高いところに、その声の主はいた。

（あれが信長か）

仁礼は目をこらして見た。

信長は椅子に座っていた。

肘掛けのある立派な椅子である。

黒檀製で、あちこちに金銀宝石がちりばめられている。

椅子の背には左右二本の柱が突き出ていた。

その先は槍のように尖《とが》っている。

「余が信長である」

大きな、よく透《とお》る声だった。

信長は洋装だった。頭は和風だが、南蛮人のように上衣とズボンを着けて、ビロードの大きなマントをはおっていた。

手には水晶の頭飾りのついた杖を持っている。それほど長いものではない。手で振り回すのに、ちょうどよい長さだ。

「殿下にお目にかかり、身に余る光栄でございます」

仁礼は床に手をつくと、平伏して言った。

「そちはいずこから来た？」

信長は言った。

「海の向こうからでございます」

仁礼は面《おもて》を上げて答えた。

「異国か？」

「はい」

「何という国だ？　ポルトガルかイスパニアか？」

「そのいずれでもございません」

「しからば、何という国か？」

仁礼は答えに詰まった。

思い出せないのである。

正直なところ、自分がどうしてここにいるのかもよくわからない。

仁礼三九郎という名すら、本当に自分の名なのか定かでないのだ。

「どうした、自分の生国《しょうごく》の名も答えられぬのか？」

信長の声がむしろ低くなった。

聞いていた高林甚十郎は、ひやりとした。

これは信長が激怒する寸前の兆候なのである。

「テラ、でございます」

ふいに脳裏に浮かんだ名を、仁礼は口に出した。

「てら？　てらとは。いずこの寺だ」

「いえ、日《ひ》の本《もと》の言葉でいう寺ではございません。国の名がテラと申すのでございます。仏教とは何のかかわりもありません」

「そうか、ならばよい」

信長は笑った。

甚十郎は、見ていてほっとした。

信長は寺や坊主どもが何より嫌いなのである。

「なぜ、この国へ戻ってきた」

「わかりません」

仁礼は正直に答えた。

信長は不審そうに、

「なぜ、わからぬ？　おのが自身のことであろう？」

「はい、おおせの通りではございますが、実は気がつくと、海で泳いでいたばかりで、それより前のことは何も思い出せませぬ」

信長は視線を居並ぶ家臣の方へ移した。

「道三《どうさん》、左様なことがあるものか？」

道三と呼ばれたのは、初老の僧体の男だった。武士ではなく医師である。

道三は進み出た。

「二度ほど、かような者を診《み》たことがございます。いずれも頭を強く打ち、自分が何者かすら忘れておりました」

「なおるのか、その病いは？」

「一人はなおり、一人はそのままでございました」

「なおらぬこともあるか。だが、道三、この者、言葉を忘れてはおらぬではないか」

「それがこの病いの不可思議なところでございます。生国を忘れ名を忘れても、身につけた技芸の類《たぐ》いは、ことごとく覚えているものでございます」

「奇怪な病いじゃのう」

信長は再び仁礼に視線を戻すと、

「そちはどうじゃ、何ぞ覚えておるか？」

「と、おおせられますと？」

信長はじれたように、

「技芸じゃ。南蛮には、この国になかったものがいくつかある。鉄砲もそうだ、火薬もな。何かその類《たぐ》いを存じおるか？」

「――鉄砲なら知っていますが」

その答えに、信長は目を輝かせた。

「おお、知っておるか。それで、テラとか申す国の鉄砲はどのようなものじゃ。余の国のものと、どこか違いはあるか？」

「違いとおおせられましても、私はこの国の鉄砲がどういうものか知りませぬ」

仁礼は当惑して言った。

「ほう、知らぬか」

「はい」

「誰ぞ、鉄砲を持って参れ」

信長は命じた。

ただちに家臣が動き、鉄砲が一挺《ちょう》、仁礼のところにもたらされた。

仁礼はそれを受け取った。

「――火縄銃ですね」

仁礼は銃をさかさにしたり、銃口をのぞきこんだりした。

信長は興味深げにその様子を見守っていたが、

「そちは、いま『火縄銃』と申したな？」

「はい」

仁礼は銃を床に置いて答えた。

「銃とは、火縄を使うものではないのか？」

「はい、そうではございますが――」

と、仁礼は床の火縄銃に視線を落として、

「そうでないものもあります」

「ないもの？」

「はい、たとえばフリント・ロック式とか」

「ふりんと？　何と申した」

信長は妙な顔をした。

「ああ、この国の言葉に直せば、燧石《ひうちいし》ですか――」

「燧石？　燧石を、どう使う？」

信長の目が光った。

「火薬に点火する際に使います」

「火縄の代わりにか？」

「はい」

「どのように用いる？」

信長の問いに、仁礼は銃を持ち上げて、

「火縄銃は引金《ひきがね》を引くと、燃えた火縄が火皿の上に落ち、火薬に点火するという仕組みでございますが、燧石の銃では、引金を引くと打金《うちがね》が火皿の横にある燧石を叩き、その火花で点火するのでございます」

「なるほど、工夫じゃのう」

信長は感心して何度もうなずいた。

感心したのは信長だけではなかった。

燧石はどこにでもある。

しかし、それを火縄に代えようという発想はなかった。

「どうじゃ、一貫斎《いっかんさい》」

信長は今度は鉄砲鍛冶《かじ》の国友《くにとも》一貫斎に声をかけた。

「はっ、一貫斎、赤面の至りでござりまする」

一貫斎はそう言って頭を下げた。

「火縄を使わずともよければ、戦はたやすくなる」

信長は独語すると、別人のような鋭い表情で仁礼を見た。

「三九郎と申したな」

「はい」

「その方、一貫斎と力を合わせ、ただちに燧石を用いた銃を作ってみせい」

仁礼は当惑した。

「殿下、私は鉄砲作りなどしたことがございませぬが――」

「それゆえ、一貫斎と力を合わせよ、と申しておる。よいな、しかと申しつけたぞ」

信長はさっさと立ち上がった。

まわりの家臣たちがあわてて平伏した。

仁礼も甚十郎もそれに倣《なら》った。

信長は、きらびやかな衣裳を身につけた小姓と共に貴人とは思えぬほどの素早い足取りで出ていってしまった。

「いや、たいしたものだ、おぬしは」

洛陽城から帰って、甚十郎は感に堪《た》えぬように言った。

「うむ」

仁礼は浮かぬ顔だった。

思いもかけないことだった。

まさか鉄砲作りをさせられるとは。

だが、甚十郎は一向に気にかけていなかった。それどころか喜んでいた。

「これで、おぬしの出世も疑いなしじゃ。わしも殿下にご推挙したかいがあったというもの」

そこへ、甚十郎の妻綾が入ってきた。

「国友様がお越しでございます」

「一貫斎殿か」

甚十郎はうなずいて仁礼を見た。

「おぬしへの挨拶だ」

「挨拶?」

「うむ、殿下直々《じきじき》のお声がかりだ。ひとまずよろしく願いたてまつる、ということだな」

　甚十郎の言うことは正しかった。

　一貫斎は職人の頭らしく、細身の体を筒袖の着物に包んでいた。

　顔付きはおだやかだが、目の光に時々強いものがある。

「国友一貫斎でござる。お見知りおきを」

「仁礼三九郎でござる」

　仁礼は相手の口調を真似て頭を下げた。

　一貫斎は膝を進めて、

「殿下のお下知《げち》でござる。このたびのこと、何とぞよろしくお願いつかまつる」

「こちらこそ」

「仁礼殿、さっそくだが、明日にでも我が屋敷にお越しくだされまいか。新式銃のこと詳しくうかがいたく存ずる」

「ああ、それは別にかまわないが――」

　と、仁礼は甚十郎を見た。

　甚十郎もうなずいて、

「それがよろしかろう。殿下は何事も急ぐのがお好きじゃ、ぐずぐずして、お怒りを買うこともない」

「ありがとう存ずる」

一貫斎はほっとしたように言い、

「さらにお願いの儀がござる」

「何でしょうか」

仁礼は一貫斎を見た。

「いっそのこと、当方の屋敷にお移りになるわけには参らぬか」

「一貫斎殿、それは困る」

返事をしたのは仁礼ではなく、甚十郎だった。

「仁礼殿は我が家の大切なお客人。仁礼殿もこの屋敷は居心地がよいと申されておるわ、仁礼殿、そうであったな」

甚十郎は目くばせをした。

「そうだ」

別に合図がなくても、仁礼はそう返事をするつもりだった。よるべなき身の上で、見ず知らずの人のところに移るのは、気が進まない。

甚十郎はほっとしたように笑みを浮かべた。

一貫斎が帰ると酒になった。

甚十郎は上機嫌で、綾を制して自ら酒器をとった。

「かたじけない」

仁礼も、できるだけ人々と同じ言葉遣《づか》いをするようにつとめていた。

「そのように他人行儀な」

甚十郎は笑った。

「いや、貴殿の恩は忘れぬ」

「恩などと水臭い。われらは友ぞ、なあ、綾」

「はい」

綾も笑みを浮かべた。

「ありがたい、そう言ってくれるのが何よりだ。本当に西も東もわからんのでな」

仁礼はそう言って杯の酒を飲み干した。

うまい酒だった。

「さあ、どうだ、もう一献《いっこん》」

甚十郎は勧めた。

仁礼は受けておいて、

「――ところで、少し聞いておきたいことがあるのだが」

「何だ、あらたまって」

「いや、もう少し、この国の事情を知っておきたくてな。どうも、のみこめぬことがある」

「うん？」

甚十郎は妙な顔をした。

仁礼は言葉を選んで、

「私が知っているのとは、少し違うようだ」

「どう違う？」

「それは――。まず、殿下はいつ関白になられた？」

「二年前だが――」

「その二年前というと、改元する前、すなわち天正《てんしょう》十年だな」

「うむ、それがどうした」

「その年、殿下の身の上に何か不吉なことが起こらなんだか」

「不吉？」

甚十郎は綾と顔を見合わせた。

「そうだ、たとえば、その、敵の不意討ちを受けるとか？」

仁礼は二人の顔色をうかがった。

甚十郎は首をひねって、

「何かあったか？」

と、綾にたずねた。

綾は首を左右に振って、

「かの年は、むしろ信長様にとって近来にないめでたい年ではございませなんだか」

「何があったかな？」

「殿はもうお忘れですか。あの年は確か春に武田《たけだ》が滅び、夏に四国の長宗我部が滅び、そして毛利が織田家の軍門に降《くだ》った年ではありませぬか」

「おお、そうじゃった。あのころは、羽《は》柴筑前《しばちくぜん》殿と明智《あけち》日向《ひゅうが》殿のお二人が力を合わせ、難敵毛利を見事に降参させたのであったな」

「ちょっ、ちょっと待ってください」

仁礼はあわてて言った。

「今、何と言いました？」

甚十郎は何を驚くのかという顔で、

「じゃから、羽柴殿と明智殿が――」

「その明智というのは、まさか」

「ああ、明智日向守光秀《みつひで》殿じゃ、ただいま惟任《これとう》とも申されるが」

「その光秀――殿が、毛利を討ったと？」

「左様、山陰路は光秀殿、山陽路は羽柴殿、いずれも見事なお働きであった」

「その光秀殿は、今どこにいます」

「はて。今は九州のまつろわぬ者どもの征伐に、いま頃はそれこそ日向あたりではあるまいかな」

「――」

仁礼は内心の動揺を鎮《しず》めるために酒を杯に注いで一気に干した。

(何かが違う)

仁礼は痛切にそれを思った。

「いかがなされた？」

甚十郎は不思議そうな顔をしていた。

「いや、何でもない」

仁礼はこのまま話題をほかに転じようと一度は思った。

しかし、そうするには、あまりにも好奇の心がうずいていた。

「その天正十年のことだが、信長公は京の本能寺にお泊まりになられたことはないのか」

「本能寺？　ああ、一時、殿下の御定宿だった寺じゃな。はて、かの年はどうであったか」

甚十郎は頭に手を当てて考えていたが、結論を出す前に綾の方が答えた。

「あの年に、太閤様が本能寺にお泊まりになったことはございません」

あまりにも自信に満ちた言い方だったので、仁礼は綾に確認した。

「確かですか」

「はい、覚えております。あの年ですもの、あのお寺が焼けたのは」

「焼けた？　どうしてですか」

「付け火ということでございました」

「つまり、誰かが火を付けた？」

「はい、そう聞いております」

「誰が付け火をしたのかは、わからないのですね？」

「はい、ただ、太閤様のご政道に恨みを抱く者の仕業《しわざ》ではないかと、洛陽《ここ》では噂でもちきりでした。何しろ関白様のご宿舎にあてられるはずの妙覚寺まで丸焼けになったのですもの」

「妙覚寺？　関白とは信長公のご長男の信忠公のことですね」

「はい」

「それも付け火だと？」

「そのように聞いております」

仁礼は段々と事の真相がわかってきた。

(誰かが邪魔をしている)

誰なのかはわからない。

何のためなのかもわからない。

だが、明らかに邪魔をしている人間がいる。

(では、そいつと私と何の関係がある？)

それすら疑問だった。

自分がなぜここにいるのか。

何のために来たのか。

まったくわからない。

それどころか自分の名すら定かではない。

人は自分を「仁礼三九郎」と呼ぶ。

しかし、本当に「仁礼」の頭に浮かぶのは、「2039《ニレイサンキユウ》」という数字だけだ。

(私は何者なのだ、何のために生きている?)

仁礼は大声を上げてあたりを駆け回りたいとすら思った。


翌日、仁礼は甚十郎の介添《かいぞえ》で、国友一貫斎の屋敷へ向かった。

二日酔いで頭が痛む。

きのうは痛飲したからだ。

「おぬし、大事ないか。昨夜はかなりうなされておったぞ」

馬上から甚十郎が心配そうに言った。

「うなされて?」

仁礼は聞き返した。仁礼も馬に乗っている。こちらも基礎訓練は受けている。

「左様、何かわけのわからぬことを言っていた」

「何と言っていた」

仁礼はぜひとも聞きたいと思った。

自分の名を知る、そして素性《すじょう》を知る手がかりになるかもしれないからだ。

「わからぬな」

「思い出してくれ」

「忘れたと申しておるのではない、おぬしの言葉は耳に届いたが、何と言っておるのか、さっぱりわからぬ。異国の言葉のようであったが——」

「では、口真似をしてくれ」

「口真似か——」

甚十郎は手綱《たづな》を取りながら、しばらく考えていたが、

「あくせす」

と、突然言った。

「あくせす？」

「そうじゃ、確かにそう言った、心あたりはないのか」

「ない」

「——でない、とも言ったようだったな」

「うん？　何が、——でないのだ？」

「いや、それは聞こえなんだ。ただ、でないとだけ」

「それでは、わからぬ」

仁礼が舌打ちすると、甚十郎は笑って、

「ははは、おぬしにわからぬものが、わしにわかるはずもない」

呑気《のんき》なものだった。

一貫斎の屋敷は洛陽城からわずかに離れた川の中州《なかす》にあった。

堅固な城のような造りで、もちろん甚十郎の屋敷とは比べものにならない。

「三九郎殿、一貫斎の屋敷が大きいのは、身分が高いからではないぞ」

門番に来意を告げる寸前、甚十郎は小声で言った。

「どういうことだ？」

仁礼も小声で聞き返した。

「入ればわかる」

確かにその言葉は正しかった。

入ってみると、この屋敷の広さは、一貫斎の住居が大きいためではないことが一目でわかった。

工場、なのである。

簡素な造りの屋敷の中は、一面の作業場で百人以上もいるかと思える職人が、それぞれ同じものを作っていた。

鉄砲である。

一貫斎はただちに二人を迎えた。

「これは仁礼殿、高林殿、ようこそお越しくだされた」

「さすがに一貫斎殿、見事なものですな」

甚十郎はすかさず言った。

一貫斎は笑みを浮かべて、

「高林殿にお褒《ほ》めの言葉をいただき、これ以上の喜びはござらぬ。さあ、どうぞ奥へ。茶でもおたて致しましょう」

「それはかたじけない」

奥の間はさすがに洗練された、職人頭の屋敷とは思えぬほどの立派な座敷だった。

一貫斎は一点のゆるみもない作法で、茶をたてて二人に勧めた。

仁礼からまずそれを喫した。

「結構なお加減でござる」

「一貫斎殿が茶の道にもお詳しいとはな、いや、うかつでござった」

甚十郎は言った。

「殿下より、その方も茶をたてよ、とお許しがあったのはついこの間のことでござる。うれしさの余り、日に夜をついで稽古《けいこ》致じた。未熟者でござる」

一貫斎は、そう言いながらも、嬉しそうだった。

茶が終わると、一貫斎はさっそく本題に入った。

「さて、ほかでもござらぬ。例の燧石を用いた銃のこと、この一貫斎めに詳しくお教えくださらぬか」

「しかし、私は職人ではありませぬし、うろ覚えなのですが」

「その銃を実際に見たことはあるのでござろう」

「それは見ました」

仁礼は答えた。

嘘ではない。どこで見たかは覚えていないが、確かに見た記憶はある。

「では、こう致そう。筆と紙をお持ち致すゆえ、その図を描いていただけませぬか。見たままを、うろ覚えで一向にかまいませぬ」

一貫斎は熱心に言った。

甚十郎は無理もないと思った。

この件に信長は大いに期待している。

その期待を裏切ればどういうことになるか、一貫斎はよく知っているのである。

「わかりました」

「おお、描いてくださるか」

一貫斎はうれしそうに言い、手を叩いて人を呼んだ。

「これ、誰かある、筆と硯《すずり》と紙を持って参れ」

目の前にその紙が据えられた。

墨《すみ》はすでにすってある。

仁礼は図面を描いた。

突然頭の中の白紙の上に銃の図が浮かんで来た。仁礼はそれをなぞるだけでよかった。

「ほう、これは見事な」

一貫斎は心底から感心した。

こんな図をすらすら描けるのは、決して素人ではない。

いままでの不安が氷解した。

これなら本当に燧石式の銃を作ることができるだろう。もともと一貫斎は、燧石を銃に用いると言われて、なぜ自分が気がつかなかったのだろうと赤面したぐらいだ。

「で、これはどのように――」

「それは――」

銃の構造を口で説明しようとした時だった。

突然、頭の中に鋭い衝撃が来た。


――２０３９、干渉を停止せよ。


仁礼は激痛を感じ、思わずうめき声を上げた。

「いかがされた？」

一貫斎は仁礼を見た。

仁礼は頭を抱えて突っ伏した。

「どうした、仁礼殿」

甚十郎は顔色を変えた。

仁礼は激痛にうめいた。

——2039、応答せよ。


その言葉が頭の中で、割れ鐘のように響いた。

(何だ、これは)

仁礼は何が何だか、さっぱりわからなかった。

そのまま気が遠くなった。


(————!)

次に目覚めたのは別の座敷だった。

若い気品のある女が、心配そうにのぞきこんでいるのが見えた。

「お気がつかれましたか?」

女は言った。

ぼんやりした視界が次第に明確になっていく。

「——ここは?」

かすれた声で仁礼はたずねた。

「わが父、国友一貫斎の館でございます」

「そうか、一貫斎殿の――」

仁礼は起き上がろうとして、目まいを感じた。

「あっ、まだ、いけませぬ」

女は仁礼の体を支えた。

「お手前は、一貫斎殿のご息女か？」

「はい、志乃と申します」

「志乃殿か」

仁礼は再び横になると、

「私は、一貫斎殿の前で倒れたのだな？」

「はい、急にお頭《つむり》が痛まれましたようで」

「頭か――」

頭痛はすでに消えていたが、まだ目まいはする。

一体何が起こったのか、仁礼にはどうしてもわからない。

「何か差し上げましょうか」

志乃が言った。

うっとりするような、いい声である。

声ばかりでなく顔も、目鼻立ちの整った、ほれぼれするような美貌である。

「――茶をいただけまいか」

「茶を?」

「そうだ、一服いただきたい」

カフェインという言葉が頭をかすめた。

(カフェイン、何だろう?)

すると、それに対する答えが、するすると頭の中に浮かんだ。

(――アルカロイドの一種、中枢神経興奮作用、強心作用、利尿作用がある、コーヒー、緑茶、紅茶等に含まれる)

「どうなさいました?」

志乃が言った。

仁礼は首を横に振ると、

「いや、何でもない」

と、あわててごまかした。

奇妙なことばかりだ。
一体、この頭の構造はどうなっているんだろう。自分の頭ながら、何かおかしい。
しかし、狂っているのではない。
それはわかる。ひいき目で言うのではない。
狂ったのなら、自分をこう冷静には見つめられないはずだ。
志乃は見事な点前《たてまえ》で茶をたてた。
仁礼は茶碗を受け取ると、両手で支えて一気に飲みこんだ。
それを見ていた志乃がくすっと笑った。
仁礼はその夜は一貫斎の屋敷に泊まった。
陽のある間に長く休んだので、夜になるにしたがってかえって目は冴えていった。
（おれは何者なのだ、なぜ、ここにいる）
その問いが頭を離れない。
夜半を過ぎ、あたりには誰もいない。
仁礼は床に入ったまま、天井の格子《こうし》を見つめていた。

灯《あか》りはすでに消されているが、月明かりが障子を通して入ってくるのだろう、あたりは意外に明るい。

その天井に突然丸い光が輝いた。

仁礼はあまりのまぶしさに思わず目をそむけた。

「2039、私を覚えているか」

突然、その光の輪の中から声がした。

仁礼は驚きの声を上げた。

光輪の中に男の顔があった。

普通の顔より、はるかに大きく、輪郭はぼやけている。しかし、初老の男の顔だった。

「おまえは誰だ?」

「声が高いようだね、君とはゆっくり話したい」

「だから、誰だと言っている」

「査察官のフジオカだ、忘れたかね」

「フジオカ?」

仁礼は首をひねったが、フジオカと名乗る男はゆっくりうなずくと、

「やはり、そうだな、君は時空転移のショックで記憶喪失になったんだ」

「記憶、喪失？」

「そうだ、君の記憶ファイルの中には、その知識が入っているはずだ。呼び出してみたまえ」

「――――？」

「簡単だ。その言葉を思い浮かべて、自分の心に問うのだ」

仁礼は半信半疑ながら、言われた通りにやってみた。

（記憶喪失――記憶を失うこと、記憶とは過去に得た経験、知識のこと）

心に浮かんだそのことを、仁礼は何回も反芻《はんすう》した。

「どうやら、わかってくれたようだな」

フジオカは言った。

「私は誰なんだ？」

「君は査察員２０３９号だ」

「査察員？」

聞き慣れない名称に仁礼は首を傾《かし》げた。

「君の任務は、時系列８３１・６５ＲＺで起こっている混乱現象を調査し修正することだ」

「――?」

フジオカは苦笑すると、

「どうやらそれも忘れてしまったようだな。詳しく説明しよう。それは――」

その時だった。

突然、光の輪がゆがんだ。

「――×××」

フジオカの声も何を言っているのか、わからなくなった。

「どうした?」

「――だめだ、妨害が」

それだけの言葉が何とか聞き取れた。

しかし、次の瞬間、光の輪は掻《か》き消すように消えてしまった。

「フジオカ!」

仁礼の叫びは空しく天井に反射した。

「どうかなさいましたか?」

障子の向こうから志乃の声がした。

「志乃殿か――」

仁礼はほっとして言った。

「失礼致します」

志乃は障子を開けて入ってきた。

白い地に大胆な花模様を染め抜いた小袖を着ていた。

「いや、こちらこそ失礼した。どうやら悪い夢にうなされたようだ」

仁礼はとっさに嘘をついた。

「そうですか、それならよろしいのですが」

志乃は心配そうに仁礼を見た。

「水を一杯所望したい」

「水でございますか？」

「冷たい水をな、寝汗をかいたようだ」

それは嘘だったが、喉はからからに渇いていた。

翌朝、仁礼は床を上げて、平常の生活に戻った。

「もう、お変わりはござらぬか」

一貫斎は仁礼の顔をのぞきこむようにして言った。

仁礼はうなずくと、

「おかげさまで、本復《ほんぷく》致しました」

「それはよろしゅうござった。では、さっそく、きのうの続きを始めたいのだが」

「はあ」

「父上、なりませぬ」

横から志乃が口をとがらして、

「仁礼様はお体がなおったばかり、ここで無理をされては、また同じことになりまする」

「はは、そうか、そうであったな」

一貫斎は娘にたしなめられて苦笑すると、

「いや、許されい。何しろ殿下の御機嫌を損じてはならぬと、ついあせってしもうてな」

「いや、それはよくわかります」

仁礼は言った。

あの信長という君主は、おそらくまわりのすべての人々に恐れられているのだろう。

その気持ちは、信長に接した人間でなくてはわからない。

「図面を持ってきてください。始めましょう」

「かたじけない」

志乃が顔をしかめるのにもかかわらず、一貫斎は弟子に命じてきのうの図面を持ってこさせた。

仁礼は筆を取って、しばらく動かなかった。

「どうかなされたか？」

一貫斎が不思議な顔をした。

「いや、何でもござらぬ」

仁礼は、また頭の中に衝撃が来るのではないかと、それを恐れていた。

だが、何もなかった。

仁礼は残っていた部分を書き足して、図面を完成させた。

「――これは、見事な」

一貫斎は図面を引ったくるようにして両手で持ち、食い入るようにそれを眺めた。

「この鉄砲ができれば、火縄がいらなくなる。いまよりずっと扱いやすくなる」

一貫斎は顔を上げて、

「仁礼殿、この鉄砲は雨の中でも射《う》てるのではないか」

「――激しい雨の中では無理ですが、少々の雨なら射てます」

仁礼は答えた。

それは事実だった。

火縄と違って燧石《ひうちいし》は濡れても平気なのである。

一貫斎は、うんうんと何度もうなずいて、弟子を呼び寄せ鉄砲の試作を命じた。

「いや、かたじけない、仁礼殿」

一貫斎はあらためて畳《たたみ》に両手をついた。

「一貫斎殿、何をなさる、顔を上げてください」

仁礼はあわてて言った。

「いやいや、この一貫斎、これで面目が立ち申した。これにまさる喜びはござらぬ」

「いや、私は単に、知っていることを教えて差し上げただけですよ」

「奥ゆかしい御方じゃのう」

一貫斎は嘆声をもらして、

「どうであろう、この一貫斎、仁礼殿に折り入って頼みがあるのだが、聞き届けてもらえまいか」

「何でしょう」

一貫斎は娘の志乃をちらりと見て、

「この志乃をもらってくれまいか」

「――――！」

仁礼は驚いた。

考えてもいなかったことだ。

「父上――」

志乃は顔を赤くして抗議するように言った。

「どうかな、仁礼殿」

「いや、それは――」

「お嫌《いや》かな」

「そんなことはありませぬが、あまり急なことなので。それに、志乃殿も驚いているご様子――」

「嫌っている様子は見えぬが」

一貫斎が微笑すると、志乃は袖で顔を隠した。

「どうであろう、仁礼殿」

「――――」

仁礼は返答に窮した。


「悪い話ではないと思うが」

高林甚十郎はそう言った。

仁礼は一貫斎の館から、甚十郎の屋敷へ戻っていた。

「そうか」

仁礼がこんなことを相談できるのは、甚十郎と妻の綾だけである。

「一貫斎殿は、仁礼様を放したくないのでしょう」

綾はむしろ不賛成といった表情をした。

仁礼は物問いたげに綾を見た。

「あなた様は、新しい鉄砲のことをご存じです。一貫斎殿は、それを余人に渡したくないのでしょう」

綾は言った。

「わかっている」

甚十郎はじれったそうに、

「だが、それでも、国友家が仁礼殿の後ろ楯になることは、悪くはなかろうと申しているのだ」

「仁礼殿はどのようにお考えなのです?」

綾はたずねた。

「それは——わかりません。わからないからこそ相談しています」

当惑して仁礼は答えた。

甚十郎は腕組みをして、

「まあ、とどのつまりは、おぬしが決めることだ。よく考えるがいい」

と、言った。

仁礼は久しぶりに外へ出た。

馬を借りて遠乗りに出たいと思ったのだ。

甚十郎も行くというのを断わり、仁礼はひとりで馬を駆って海へ向かった。

洛陽城の西には、大きな海が広がっている。

そこに沈む夕陽は、雄大でまたとない見ものである。

仁礼はその夕陽を見たいと思った。

空は晴れていた。

思えば、ほんの数日前、仁礼はこの海の中にいたのだ。

それ以前のことはまったく思い出せない。

(おれは何者なのか)

その問いが頭から離れない。

あの光輪の中の男フジオカは、仁礼のことを査察員だと言った。

査察員、何のことだろう、何をする人間を指すのだろう。

突然、それに対する回答が頭の中に浮かんだ。

(査察員——時間局査察員の略、時間の流れを監視し不法干渉のある場合、およびこれを予測できる場合は、すみやかに干渉を排除し時間の流れを正常に戻す任務を持つ。その身分は地球連邦《テラ》大統領に直属する)

仁礼は愕然《がくぜん》とした。

自分はそういう職務の者なのか。

それにしても地球連邦とは何か。

その答えもすぐに出てきた。

（――太陽《ソル》系第三惑星を出身とする人類によって構成された国家の集合体、地球《テラ》、火星、金星および月を含む。西暦二〇二五年発足）

仁礼は馬を降りて、砂浜の上に座りこんだ。

（時間局、査察員、一体どういうことだ。わけがわからない）

その時だった。

また突然光が現われた。

今度は仁礼の少し上の中空である。

光輪ができて、その中から映像ではなく、実体が飛び出した。

それは女だった。

仁礼が、この前着ていたのと同じような、体にぴったりとした服を身に着けていた。

髪は短い。

その女が空中から突然出現し、砂浜の上に腰から落ちた。

「あっ、痛い」

女は顔をしかめて立ち上がると、腰をさすりながら、

「――２０３９、私がわかる？」

「おまえは？」

仁礼はあわてて立ち上がった。

女は美しい顔の眉をしかめて、

「やだな、忘れちゃったの。４０６２よ。ほら、前に一緒に仕事をしたことがあるでしょう？」

「４０６２？」

仁礼は首を傾げながら、

「おまえも査察員なのか？」

女の表情が変わった。

「そうよ、思い出してくれたの？　私は査察員４０６２、あなたは２０３９」

「いや」

と、仁礼は首を左右に振った。

「何も思い出せないんだ。２０３９という数字だけは頭に浮かぶんだが」

「そう、よほどひどいショックを受けたのね。でも、私が来たからにはもう安心よ」

「君は何のために来た？」

「あなたを助けるためよ」

女は笑みを浮かべて、

「大変だったのよ、あなたと接触《コンタクト》するのは。何しろ精神感応《テレパシー》はアクセスを拒否されるし、立体映像《ホログラフビジョン》は妨害を受けるし、しょうがないから、私が時空転移でここまで来たわけ」

「――――?」

「あっ、そうか、いまのあなたに何を言っても理解できないわね」

女はベルトについていたケースから、錠剤を取り出した。

「さあ、これを飲んで、これであなたの記憶障害は回復するはずよ」

女の掌《てのひら》にピンク色の錠剤が一粒乗っていた。

「これは?」

仁礼は不安の表情で女を見た。

「だいじょうぶよ。頭脳活性剤ベジオミン、あなたの記憶ファイルで検索してご覧なさい」

「それは嘘だ、だまされるな!」

突然、背後から大声がした。

二人ともびっくりして振り向くと、一人の武士がそこに立っていた。

まだ若い、三十を少し過ぎたぐらいだろうか。

「それは毒だ。おぬしを殺す気なのだ、飲むでない」

「何ですって、バカなこと言わないでよ」

女は柳眉《りゅうび》をさかだてて叫んだ。

「だまされるな」

武士は刀を抜いて、

「その女はニセの査察員だ。紊乱者《びんらんしゃ》の手先だ、君を時空転移の時に抹殺できなかったので、いまここでする気だ」

「何を言うの、私は本物の査察員よ」

女は叫んだ。

「ならば、時間局に連絡を取ってみろ、自分の身分を証明してみろ」

武士はじりじりと接近してきた。

「あなたは一体誰なのよ。あなたこそ紊乱者の一味でしょう」

「問答無用、死ね」

武士は斬りかかった。

女は悲鳴を上げて身をかわした。

仁礼が止める間もなく、武士は女に二の太刀《たち》を浴びせようとした。

女が斬られる、そう思った次の瞬間、仁礼は目をぱちくりさせていた。

武士が大上段から斬りかかった――まさにその時。女の姿は掻き消すように見えなくなったのだ。

武士は空を斬る破目になり、勢い余ってつんのめった。

「くそ、時空転移を使って逃げたか」

武士は舌打ちすると、刀を鞘《さや》に納めた。

そして、仁礼のところに歩み寄ると、

「危ないところだったな」

と、笑みを浮かべて言った。

「あなたは？」

仁礼は油断なく身構えながらたずねた。

まだこの男を味方と考えるのは早過ぎると思った。

「わしか、わしは桜木伊織《いおり》という、またの名を査察員１７２４とも言うがな」

「査察員、あなたがか――」

「そうだ」

「しかし、あの女も自分のことを査察員と言っていた」

仁礼は疑いの目を伊織に向けていた。

「ははは、信じられぬか、では、これならどうだ――」

伊織は中空を指した。

すると、そこに光輪が現われ、あのフジオカの顔が現われた。

「査察官、私の身分を証明してください」

伊織は空中の映像に向かって言った。

「査察員１７２４、暗号名《コードネーム》桜木伊織、身分を確認する」

「ありがとうございます」

フジオカの映像はそれで消えた。

「どうだ、納得したか」

「――ああ」

仁礼は答えた。しかし、何となく釈然としないものを感じている。

「疑い深い男だな」

と、伊織は苦笑して、

「ならば、一緒に来い。わしが本当の査察員である証拠を見せてやる」

「どこへだ?」

「何、近くだ、馬ならわずか数分で着く」

そう言うと、伊織は口笛を吹いた。

その音を聞きつけて葦《あし》毛《げ》の馬が現われた。

仁礼の馬は栗毛である。

「では、行こう、わしについてくるがいい」

伊織は馬に乗ると一鞭《ひとむち》あてた。

勢いよく走り出した伊織の馬のあとを、仁礼も馬に乗って追いかけた。

伊織は山里の方へ走った。そして、水車小屋のある百姓家にたどり着くと中に入った。

「待っておれ、いま、スイッチを入れる」

伊織は神棚の裏側に手を入れた。

ビューンという音がした。

百姓家の床が下へ向かって降り出した。

身長の倍ほどの深さだけ下へ降りると、伊織は先に立って前方に広がる空間へ進んだ。仁礼もあとへ続くと、いま降りてきた床はそのまませり上がって行った。

同時に歩く方向へ灯りがついた。

仁礼は思わず声を上げた。

あたりは機械で埋まっている。

仁礼はこういう装置を以前どこかで見たような気がした。

伊織は真ん中の装置の前に座り、操作盤をいじった。

中央のスクリーンに、玉座に座った男の姿が映し出された。

「――信長」

仁礼はかすれた声で言った。

確かにそれは数日前に拝謁《はいえつ》した織田信長にまぎれもなかった。

「そう、信長だ」

伊織はうなずいて振り返ると、

「本来はもう死んでいるはずの男だ。なのにどうして生きているのか、そいつが一番の問題だな」

と言って仁礼の顔を見つめた。

「死んでいる?」

仁礼は伊織の言葉に驚いて、問い返した。

スクリーンに信長の顔が大映しになっている。

「そうだ」

伊織はうなずいて、

「本来なら二年前の天正十年、西暦で言えば一五八二年六月二日に、この男は部下の明智光秀の裏切りによって、京の本能寺で死んでいなければならない。――それが正しい歴史だ」

「それが、どこかで狂ったというのか」

仁礼は言った。

「その通り、この世界では信長は生きている。いや生きているどころか、四国の長宗我部、中国の毛利を平らげ、いまは九州をほぼ制圧する勢いだ。洛陽城まででき上がりつつある」

「洛陽城は、正しい方の歴史にはなかったのか」

仁礼の問いに、伊織は手に持ったリモコンを操作した。

スクリーンに、信長の顔に代わって洛陽城が映し出された。

あらためて見ると、まるで中国の城である。骨格は中国でそれに南蛮風に味つけをしたという感じだ。

「学校で習ったことなんか、忘れちまったか」

伊織はスクリーンを指さして、

「こんな城、日本史の中にはなかっただろう。本来なら、ここは豊臣秀吉が大坂城を建てているはずの場所なんだぞ」

「大坂城、豊臣秀吉――」

その名前には記憶があった。

「豊臣秀吉というのは、信長の配下の部将羽柴秀吉のことか」

「そうだ。本来なら羽柴秀吉、天正十年の時点では、毛利と西国《さいごく》で対峙《たいじ》していなければならない。いや、対峙はしていたのだ。ただその時、何も起こらなかった」

「本能寺が無かったのですね」

仁礼は綾から聞いていた情報を口にした。

それを聞くと伊織はちょっと驚いたように、

「ほう、早耳だな、その通りだ」

「失火で燃えたと聞きましたが」

「正確には放火だ。君もわかっているだろうが」

「放火」

「そうだ、信長を本能寺で殺したくなかった誰かが、火を付けて本能寺そのものを消した」

「それは誰の仕業です？」

仁礼の問いに、伊織は笑って、

「それを突き止めるのが、われわれの任務だ。時の紊乱者《びんらんしゃ》をな」

「紊乱者？」

「そうだ、それも忘れたか？　紊乱者とは時間の流れを乱す犯罪者のことだ。われわれ時間局査察員の任務は、紊乱者を突き止め逮捕ないし排除し、歴史の流れを修正することだ」

伊織はスクリーンを見つめながら、断固として言った。

第二章　本能寺後

信長は玉座の前に、世界地図を広げさせていた。

九州征伐に従軍している織田軍の両先鋒、羽柴筑前守秀吉と明智日向守光秀から、後は南九州の島津を降服させるだけだ、との報告が来ていた。

「残りは関東の北条、奥州の伊達《だて》、といったところですかな」

池田勝入斎《しょうにゅうさい》が言った。

勝入斎は和泉《いずみ》国の領主であり、信長とは乳兄弟《ちきょうだい》でもあった。すなわち勝入斎の母が信長の乳母という関係である。

この洛陽城の中で、信長に近侍している人間といえば、小姓頭の森蘭丸《もりらんまる》、茶頭《さどう》の千利休《せんのりきゅう》、技術顧問ともいうべき国友一貫斎らであり、利休や一貫斎は同朋衆《どうぼうしゅう》という名を与えられている。

武将では、家老格である羽柴・柴田《しばた》・丹羽《にわ》・滝川《たきがわ》・明智らが、すべて遠い地にいるので、相談相手としては隣国和泉の城主の勝入斎が、最も適当だった。勝入斎は武将としての力量が、いまひとつなので、平穏な地に置き、時々城へ呼び寄せている。

このほかにも、近習《きんじゆ》として老練の菅屋長頼《すがやながより》や太田牛一《おおたぎゆういち》、右筆《ゆうひつ》（書記）として武井夕庵《せきあん》、楠《くすのき》長庵がいるが、戦《いくさ》の相談はまずできない。

信長はもう国内のことは考えていなかった。

関東の北条など十万の大軍をもってすれば、いつでも屈服させることができる。

伊達も物の数ではない。

（天下を統一したあと、どうするか？）

それが信長の考えていることだった。

だからこそ、世界地図を広げさせている。

考え方としては二つあった。

一つは北進する。

朝鮮に、大船団をもって押し寄せ、これを占領する。もちろん、これは次の侵攻への準備段階である。朝鮮を固めたら補給路を次々に延ばしていって、明《ミン》（中国）に討ち入る。そして明の国都を奪って明全土を支配下に置く。

もう一つは南進である。

九州を足場に、琉球国《りゅうきゅう》（沖縄）、高山国《こうざんこく》（台湾）、そして呂宋《ルソン》島を攻める。そして、これらの島々を根城に強力な水軍をつくり上げ、イスパニアやポルトガルと対決し、シャム（タイ）や印度《インド》をも勢力下に置くのである。

いずれも、まだ日本人が一人も経験していない大征戦を戦うことになる。

（北か南か）

常識的に言えば北だろう。

中国とは世界の中心だ。

世界の中心の国という意味なのである。

この地を征服し、大帝国を築き上げるのは、中国の周辺に住む「蛮族」の夢である。

しかし、信長はむしろ南蛮と呼ばれている、のちに東南アジアと呼ばれる地に魅力を感じていた。

イスパニアやポルトガルのように巨大な外洋船を使って、海外に乗り出す。

南の国の中には、一年中夏で肌の黒い人々がいる国もあるという。

「勝入、島津が屈服したら、次はどうする？」

信長はたずねた。

「はあ。やはり、兵を返して、北条・伊達を討つべきでございましょうな」

「そう思うか」

信長はにやりと笑った。

(むしろ島津は琉球攻めの先鋒として使うべきではあるまいか)

島津は一時、全九州を統一せんばかりの勢いを示した。

いや信長さえいなければ、まちがいなく九州の王になっていただろう。

その島津がもし降参すれば、与える国は薩摩《さつま》と大隅《おおすみ》の二か国しかない。これは島津がもともと持っていた国である。どうしても不満が残るはずだ。

それを解消させるには、新たな獲物を与えることだ。琉球だけでなく高山国も呂宋も攻めさせる。そして獲物を与えるのだ。

(こうしていけば、日本は限りなく大きくなる。さて、どれだけ大きくすることができるか)

信長の野心は限りなく広がっていった。

「信長は『大東亜共栄圏《だいとうあきょうえいけん》』をつくるつもりなのだ」

伊織は茶をたててくれながら言った。

隠れ家の地下である。

テーブルを真ん中にして、仁礼と伊織は向かい合って座っていた。

「だいとうあきょうえいけん？」

聞きなれない言葉に、仁礼はおうむ返しにくり返した。

「そうだ」

茶碗を仁礼の前に置いて、伊織は、

「二十世紀前半、日本が『大日本帝国』と名乗っていた頃に考え出した、実におろかしい構想さ。東南アジアを植民地化し、あるいはヨーロッパの植民地を独立させ、日本が宗主国となって共存共栄の道をはかろうというものだ。もっとも共栄とは名ばかりで、日本が一方的にもうけようということさ。大英帝国のサルマネだよ」

「信長の狙いがどうしてわかる」

「わかるさ、あちこちに監視カメラが仕掛けてあるからな」

伊織は事もなげに言うと、仁礼に茶を勧めて、自分は立ち上がってリモコンのスイッチを入れた。

スクリーンに今度は洛陽城内の光景が映し出された。
中心にいる信長を囲んで、何人もの家臣らしいのが控えている。
信長の前には地図が広げられ、その地図を前になんらかの会議をしている。
「音声も出そうか」
突然、信長がしゃべり始めた。
『——南蛮国はすべてわしの領土にする。逆らう者は皆殺しにしてもよい』
一同は、頭を下げた。
「皆殺し」
仁礼はこの言葉に衝撃を受けていた。
「珍しいことではない。皆殺しは信長の得意業だ。伊勢長島にせよ比叡山《ひえいざん》にせよ。
——南蛮好きも、な」
伊織は自分でも茶を飲んだ。
それは、抹茶《まっちゃ》ではなく、いわゆる煎茶《せんちゃ》だった。
仁礼はこの時代に来て、初めてそれを飲んだ。
茶を飲むと、不思議に心が落ち着いてくる。
「——伊織殿、教えてくれ、私はいま、何をなすべきか、一体どうすればいいのだ」

伊織は答える代わりに、一口茶を飲んでから、

「事態は容易ならぬ」

「――――」

「これほど深刻な紊乱《びんらん》は今までに一度もなかった。歴史には復元力がある」

「復元力？」

「そうだ、自然の摂理ともいうべきかもしれないが、誰かが歴史を狂わそうと干渉しても、不思議にその影響は立ち消えになってしまう。歴史は流れを変えられることを、ひどく嫌う」

「――――」

「だが、今回に限って、歴史は復元力を失い、正しい歴史とはまったく違う異常な歴史が、われわれの目の前にある」

「干渉の方法が巧妙だったということか」

仁礼の問いに、伊織はうなずいた。

「ある意味でわれわれ以上にな。犯人は歴史を知っている。この時代のことを詳しく知らなければ、信長暗殺を阻止することなどできん」

「どうして？　本能寺の信長に、敵襲があるとひと言伝えるだけでいいだろう」

「そんな簡単なものではない」

伊織は笑って、

「それをやったとしても、信長が信じるとは限らん」

「そうかな」

「自分のことにして考えてみろ。もし、いまここに、見ず知らずの怪しげな男が現われて、おまえはもうすぐ、殺される、しかもおまえの忠実な部下に、と言ったら信じるか？」

「いや」

仁礼は首を横に振った。

「そうだろう。光秀は信長の忠実な部下だった。だからこそ、あれほど疑り深い信長も安心して無防備ともいえる状態で本能寺に泊まったのだ」

「その光秀だが、どうしてもわからない」

「うん、何が？」

「いま光秀は、再び忠実な部下に戻ったのだろう。いや、この世界では光秀の反逆はなかったのだから、ずっと忠実な部下であり続けている、というのが本当かもしれない。しかし、どうしてだ？　あれほど信長を憎んでいたのに――」

「憎んでいたというのは後世の憶測に過ぎん」

　まず、伊織は釘を刺した。

「この時代の歴史については、まだ充分調査が進んでいない、何しろ研究者立ち入り禁止ゾーンだから」

「――？」

「何だ、それも忘れたか。この時代は混乱が激しく、うっかり研究者が立ち入って歴史の流れを変えたりしたら、大変なことになる。だから、充分な研究ができず、ほかの時代ほどよくわかっていないんだ。ひょっとすると――」

「うん？」

「紊乱者は、本能寺の変について、われわれの知らない情報を持っているのかもしれん」

「どういうことだ」

「つまり、本能寺の変には、光秀以外に黒幕がいたのかもしれんということだ」

「では、紊乱者が密かにその黒幕を始末した？」

「そういうことも考えられるな」

そう言って、伊織は居ずまいを正すと、

「だが、それはもはやどうでもいいことだ。査察員２０３９、もう歴史は変わってしまった。われわれがなすべきは、時間法第一〇七条の緊急避難規定の適用だ」

「一〇七条？」

「そうだ、これ以上、歴史を改変させることは許されない。霊鳳《れいほう》などという元号は今年限りにせねばならない」

「どうやって？」

伊織は仁礼の目を見た。

「殺すのさ」

仁礼は心臓に衝撃を覚えた。

「殺すというと、その――」

「そうだ、信長をな」

「しかし、どうして、信長を殺さねばならない――」

「何を言っているんだ。２０３９。歴史の改変を食い止めるのは、われわれ査察員の神聖なる義務だぞ。これ以上放置しておけば、信長は東南アジア侵略に乗り出す――」

「侵略は悪だが、この時代ではあたり前のことだろう」

「それはそうだ。倫理的にどうだこうだと言っているのではない。わしが言いたいのは、このまま放置しておけば、歴史がどんどん改変されてしまうということだ。影響が国内のうちはまだいい、海外に広がりでもしたら、今度こそ取り返しがつかんということだ」

「で、では、時間をさかのぼって本能寺の時点で、歴史が正しく行なわれるようにしたらどうだ」

仁礼の提案に、伊織は首を左右に振った。

「それはだめだ」

「どうして？　影響は最小限にとどめるのが当然だろう」

「――通常はそうする。だが、今回はできない」

「なぜ？」

仁礼は問いつめた。

「紊乱者が、時空転移防御スクリーンを設置した。だから、われわれは天正十年には近づけない」

「防御スクリーン？」

「そうだ、ほかの時間からの侵入者を阻止するシステムだよ。天正十年の京のどこかに、それが仕掛けられている」

「取りのぞくことはできないのか」

伊織は肩をすくめて、

「中へ入ればスイッチを切ることはできる。しかし、その中へ入ることができないのだから、どうしようもないじゃないか」

「――――」

「だいたい、君がこの時代に来たのも、そのスクリーンにはじき飛ばされたからなんだぞ。本当は、君は天正十年の六月、本能寺の変の直前の京へ行くはずだった。ところがスクリーンの妨害で、あんなところへ落ちてしまった。しかも、そのショックで記憶まで失ってしまったというわけだ」

「そうだったのか」

仁礼は初めて事情がのみこめた。

「わかったか、とにかく、われわれにはもう、緊急避難規定しか残されていない。歴史の流れを守るために、信長を一刻も早く殺さなくてはならないのだ」

伊織は言い切った。

「仁礼殿はどうしたのだ」

高林甚十郎は妻の綾に心配そうにたずねた。

ひとりで遠乗りに出かけたまま、日が暮れても一向に帰ってこないのである。

「さあ、夕方までには戻ると申されていたのですが——」

綾も心配げな様子である。

何しろ仁礼は土地不案内、いやこの国そのものに不案内なのだ。

「やはり、ひとりで出すべきではなかったたな」

だが、それからしばらくして、仁礼はひょっこりと戻ってきた。

「仁礼殿、案じていたぞ」

「——」

甚十郎はほっとして声をかけたが、仁礼は不機嫌そうに押し黙ったまま、一礼

すると足を洗いに井戸の方へ行った。

甚十郎は綾と顔を見合わせた。

そのまま夕食の時も、仁礼はほとんど何もしゃべらなかった。

「何か心配事でもおありなのではないでしょうか」

仁礼が席をはずすと、綾は小声で夫にささやいた。

「そうかもしれぬ。だが、仁礼殿が口にされるまでは黙っていようではないか」

甚十郎は答えた。

床に入っても、仁礼の憂鬱《ゆううつ》はおさまらなかった。

(信長を殺す)

その事が、仁礼の頭を占領して離れなかったのである。

(信長を殺さねばならないのか、あの信長を)

仁礼はどちらかといえば、信長に好意を持っていた。

確かに友人となるような男ではない。

しかし、そのまま生きながらえさせて、このあとどんな大きな仕事をするか、見届けたいという気持ちがある。

だが、歴史の流れを修正するためには、どうしても信長に生きていられては困るのだ。

「2039、近いうちに暗殺計画を立案して連絡する。それまで気取《けど》られぬよう、平常通りふるまっていてくれ」

桜木伊織こと査察員1724はそう言った。

いや、それは事実上の命令であった。

時間法の緊急避難規定、それは確かに記憶ファイルの中にあった。

(時間法第一条　何人《なんぴと》も歴史の正常な流れに対し干渉もしくは妨害行為をなしてはならない。……第一〇七条　査察員は歴史の正常な流れが破滅され重大な影響が生じた場合、ほかに救済手段のない時に限り、修正のため歴史に干渉することができる――)

ほかに救済手段のない時に限り――この条文が、仁礼を迷わせていた。

本当に手段はないのか、できれば自分の手で、信長を葬るようなことは避けたい。

本能寺の変を、歴史通りに実行させ、正常な歴史の流れの中で信長を消す。

これが本来の姿だろう。

それを可能にする方法はないのか。

仁礼は寝床の中で、天井を見ながら、胸にぶらさげたペンダントに触れた。

伊織が別れ際にくれたものだ。

「これは?」

「通信機兼防衛装置ともいうべきものだな」

「防衛装置？」

「そうだ、例の紊乱者の一味がまた現われるかもしれん。——君を始末するために」

仁礼はぞっとした。

どうやって対決していいのかわからない。

「通常の接近方法なら、何とかなるだろうが、敵には時空転移という奥の手があるからな」

「つまり、鍵のかかった部屋にも入ってこられるというわけか」

「それどころか、突然、君の背後に出現して斬りかかることもできる」

「——」

「安心しろ、それを防ぐのが、この防衛装置だ。敵が時空転移で近くに降りようとすると、それを感知し点滅して危険を知らせると同時に、敵の実体化を遅らせる作用がある」

「敵の装置と同じようなものか」

「うん？」

「天正十年の京に設置されたという防御スクリーンだよ」

「ああ、あれほど強くない。おそらくあれは据え置きタイプで、エネルギーも相当使っているはずだ。これは敵をはじき飛ばす力はない。ただ、普通は転移は一瞬でできるが、これは敵が実体化する時間を遅らせることができるんだ。その間に対決手段を取ればいい。要はモタモタしている間に殺せ、ということさ」

「殺すのか」

「下手《へた》に生《い》け捕《ど》りにしようなどとは思わんことだ。敵は、いろんな武器の使用に慣れている。油断すると本当に寝首をかかれるぞ」

「――――」

「とにかく倒せ、それからそれを使って連絡しろ。死体の方は何とでも処理できる」

伊織の言ったことは、わからないでもない。

しかし、いかに悪党だからといって、すぐに殺すことができるだろうか。

仁礼の憂鬱には、それも含まれているのである。

突然、ペンダントが反応した。

赤く点滅すると同時に、胸に振動《バイブレーション》が伝わってきた。音は出ない仕組みになっている。

(来た！)

仁礼は飛び起きると、用心のため枕元の刀を取って鞘《さや》をはらった。

布団のすぐ脇に、かげろうのような人間の映像が現われた。

いや、それは映像ではない。

次第に実体化しつつある、人間そのものだった。

その顔には見覚えがあった。

査察員4062と名乗った、あの若い女である。

(紊乱者め、私を殺しに来たのか)

仁礼は女に近づき、完全に実体化する直前に、その喉元に刀を突きつけた。

「動くな」

「2039、何をするの」

女は実体化すると、驚いて仁礼を見た。

「私は、あなたの味方よ」

「だまされんぞ、紊乱者の手先のくせに」

「何を言うの、あなたこそ、だまされている。あの男こそ、紊乱者なのよ」

「何だって？」

女は必死の表情で仁礼を見た。

仁礼はどちらを信じていいものか迷った。

とにかく殺せ――そう伊織は言った。

油断をすると寝首をかかれるぞ、と言った。

しかし、この目の前にいる、必死の表情の女を、どうして斬ることができようか。

仁礼はためらった。

刀は、女の、４０６２の喉元に突きつけている。

その気になれば、仁礼はすぐに女の命を奪うことができる。戦国時代なのだ。

曲者《くせもの》を見つけて始末したと言えばいい。

誰も仁礼を非難することはないだろう。

だが、仁礼はためらった。

その一瞬の隙を女はついてきた。

後ろに身をひるがえして、仁礼の攻撃を逃れると、ベルトから小型の箱のようなものを取りはずした。

「ごめんなさい」

「――――!」

その箱から青白い光線が発射されると、仁礼は全身に激しい衝撃を感じた。

意識が遠くなっていく。

仁礼は後悔の念を覚えながら、その場に突っ伏した。


「気がついた?」

女の声がした。

仁礼は目を開けた。

4062の顔が見える。

(こいつ!)

仁礼は体を動かそうとした。しかし、体が痺《しび》れて動かない。

「無理よ。まだパラライザーが効いているから」

「どうするつもりだ」

「どうもしないわ、ただ誤解を解いてもらいたいだけ」

「誤解だって?」

「そうよ、あなたは私を紊乱者の一味だと思っているでしょう」

「――――」

「わかっているわよ、そう思っていることは。でも、それは誤解なのよ。あなたと一緒にいる男こそ、紊乱者の一味、いや、そのボスかもしれないわ」

「嘘だ」

仁礼は叫んだ。

あの桜木伊織、査察員1724が、どうして贋者《にせもの》であるだろう。

何よりも彼の上司フジオカが、その身分を保証したではないか。

「やれやれ、どうして信じてくれないのかな」

女、査察員4062と名乗る若い女は、両手を腰にあてて、

「どういうふうに、だまされちゃったの？　それだけ信じこまされるなんて」

仁礼は聞く耳持たないとばかりに、顔をそむけた。

「あの薬さえ、あればなあ、私があなたの仲間だと信じてもらえるのだけど」

「おまえが飲ませようとした毒薬のことか」

「毒薬じゃないわよ。記憶を回復させるための薬よ」

4062は抗議するように言った。

「――あの薬、もうないのよ。いま、司令部との連絡が途絶えているんだから。頼りは、あなただけなのよ」

仁礼は固く口をつぐんで答えなかった。

「ちょっと考えてみてよ。私があなたの敵なら、もう、あなたを殺してるはずでしょう。殺すことなんか、いつでもできたんだから」

そう言えばそうだな、と仁礼は一瞬思った。

その表情の微妙な変化に気がつくと、４０６２は勢いこんで、

「ね、そうでしょ、わかってくれた？」

「いや」

と、仁礼は首を左右に振った。

「どうして？」

「あの男が敵なら、私を殺していたはずだ」

「それは何かたくらんでいるのよ。あなたを生かしておいてね」

「何をたくらんでいるというんだ？」

「それは――わからないわ。だけど、紊乱者は信長の味方よ、信長を本当より長く生かして、歴史を変えようとしている。その計画に何か利用しようとしている

に違いないわ」

それなら違う、と仁礼は思った。

伊織は歴史の流れを元に戻すために、信長を暗殺しようとしている。信長を生かそうとする紊乱者と関係あるわけがない。

「おまえの言っていることは、やっぱり嘘だ」

仁礼は決めつけた。

4062は失望の色を顔に浮かべた。

「仕方ないわね。じゃ、きょうのところは引き下がるわ。でも、私はあなたの味方ですからね」

4062はそう言って、腰のベルトに手を触れ、その時ふと思いついたように、

「あなた、国友一貫斎の娘と結婚してはダメよ。それは重大な規則違反よ」

そのまま4062の姿は消えた。

仁礼はまた意識を喪《うしな》った。

翌朝、仁礼は再び同じ部屋で目を覚ました。

高林甚十郎の屋敷である。

仁礼は一瞬夢を見たのかとさえ思った。

だが、夢ではない。確かにあったことなのだ。

(どちらの言うことが正しいのか)

いまのところ、伊織の言うことの方が正しいように思える。

しかし、どうも、あの女の言うことにも一理あるような気がしてきた。

(いや、そんなはずがない)

仁礼は自分で自分の考えを打ち消した。

もし、伊織が紊乱者の一味なら、どうして信長暗殺などと言い出すだろう。それともあれは自分を欺《あざむ》くための嘘なのか?

それは馬鹿げていると、仁礼はあらためて思った。自分が邪魔なら、さっさと殺せばいいのだ。その機会はいくらもあった。

やはり、伊織を信じるしかない。

仁礼はそう決心した。

朝食のあと、甚十郎が仁礼に話しかけてきた。

「いよいよ、仁礼殿の新式銃ができるそうでござる」

「新式銃が?」

仁礼はあまりうれしくはなかった。

査察員という自分の立場を知ったいま、歴史への干渉はできるだけ食い止めようという気持ちが強い。

「どうした、浮かぬ顔だな」

甚十郎は敏感に察した。

「いや、それはめでたいことだ」

あわてて仁礼は心にもないことを言った。

「めでたいと言えば、貴殿と、国友家との話、進めねばならんな」

「――――」

「どうした？　どうも気乗りせぬ顔だな」

「いや、そういうわけではない。どうもこのところ、心が落ち着かなくてな」

「そうか、それならよいが」

甚十郎は立ち上がる。

「わしは、きょうは城へ出仕せねばならぬ。おぬし、気晴らしを兼ねて、一貫斎殿のところへ行ってみたらどうだ。向こうも待ち兼ねておるだろう」

「わかった、そうしよう」

仁礼はそう言ったが、心の中には別の思案があった。

仁礼は馬を借りると、ひとりで外へ出た。供の者を断わったのは、一貫斎の屋敷へ行く前に寄る場所があったからだ。

それは、伊織のところだった。仁礼は地下室に通じる部屋に入った。

「敵はまだ現われぬか？」

仁礼の顔を見るなり、伊織はそう言った。

「――まだだ」

仁礼は、思わず嘘を言った。

「そうか、いずれにせよ、いつかは来る。必ず殺すのだぞ、２０３９。それがわれわれの使命だ」

「わかっている」

仁礼は伊織をまともに見ると、

「ところで、信長暗殺の方はどうなっている？」

「あ、ああ、あれか、なかなか難しい。いま策を練っているところだ」

伊織は渋い顔をした。

「そうかな。さほど難しいとも思えないが」

仁礼はあえて言った。

伊織は目を見張って、

「ほう、なぜ、そう思う」

「われわれには未来の武器がある。それを使えばこの時代の人間を殺すことなど――」

「おいおい、ちょっと待ってくれ」

と、伊織は笑い出した。

「そう簡単にはいかないぞ。われわれの武器はいまわずかしかない。ほとんどが防衛用のものだ。奴らのように時空転移ができれば、まだ望みがあるが」

「できないのか」

「エネルギーが不足している。取り寄せたいところだが、このところ時間局との交信は妨害されている」

「それでは、どうする」

「君にやってもらうしかないだろうな」

伊織は恐ろしいことを平然として言った。

「私が？」

今度は仁礼が目を見張った。

「それしかないだろう。いま、信長に堂々と近づけるのは、君だけだ」

「――――」

「どうした？　それがわれわれの任務だぞ」

「しかし、失敗すれば――」

「死刑だな、まず信長の趣味から言って、ノコギリ挽《び》きにされるだろう」

「ノコギリ挽き？」

「地面から顔だけ出して埋められ、首を竹のノコギリで三日三晩挽いて殺すという処刑法だ。前例がある」

「そんな」

仁礼は悲鳴を上げた。

「まあ、だいじょうぶだ、そんなことはさせん」

伊織はにやにや笑いながら、

「君がこの時代で死ねば、後世の歴史が狂うかもしれん。だから、殺させるわけにはいかん」

仁礼はほっとして、

「で、どうやってやるんだ」

「計画は練っている。いま少し待て、問題は紊乱者の手先の、あの女だ。あの女は始末せねばならん。それが先だ」

「――?」

「考えてもみろ、暗殺実行の決定的瞬間に、あの女が邪魔に入ったらどうする?」

考えてもいなかった事態に、仁礼はとっさに返す言葉がなかった。

伊織は一転して真面目な顔で、

「わかったか、まず、あの女を始末するのが先なのだ。そうしなくては暗殺計画を実行に移すことはできん。――君も捕まってノコギリ挽きにはなりたくないだろう」

仁礼はうなずいた。

「ならば、もう少し、あの女を始末することを真剣に考えろ」

「わかった」

「頼むぞ、いまのところ、君だけが頼りだ。あの女は君をマークしているようだからな」

(まったく冗談じゃない)

と、仁礼は思った。

あの女にマークされている以上、いずれ殺すか殺されるかの選択をしなければならないのだ。

「――ところで、信長はどうしている？」

女のことを考えるのには耐え切れなくなって、仁礼は話題を変えた。

「ああ、少し様子を見てみるか」

と、伊織は仁礼を先日と同じく地下室のスクリーンのところへ連れていった。

スイッチを入れると、また信長が大映しになった。

『勝入《しょうにゅう》、島津はまだ片づかんのか？』

いきなり大声がした。

むろん、信長の声だ。

信長が家臣の池田勝入斎を怒鳴りつけているのである。

『はあ、いまだ吉報は届きませぬ』

勝入斎は蛙《かえる》のように平伏した。

『サルとキンカン頭と、二人もそろって何をぐずぐずしておる』

サルとは羽柴筑前守秀吉、キンカン頭とは明智日向守光秀である。二人のあだ名である。秀吉は猿、光秀は頭の形がキンカンの実に似ていることから、そう呼ばれていた。秀吉と光秀の二人が、信長軍団の中では最も戦上手《いくさ》と定評がある。

『島津め、田舎侍ながら、なかなかしぶとく、一向に士気は衰えませせぬ』

勝入斎が言上《ごんじょう》すると、信長はじろりと一瞥《いちべつ》して、

『そこを砕くのが戦ではないか』

『はあ、まことにもっておおせの通り』

『わかっておるなら督促せい、余はもう待てぬ、とな』

『ははっ』

『殿下、その議はいかがかと』

別の方向から声が上がった。

茶頭《さどう》をつとめる千利休《せんのりきゅう》である。

信長は顔をしかめると、

『利休、余の仕方が気に入らぬと申すか』

『とんでもございませぬ』

と、利休はまず笑顔で首を左右に振り、

『さりながら、あまり力攻めを致しますれば、薩摩は死にもの狂いで戦いましょう。おそらく人種《ひとだね》の尽きるまで。それでは、当方の痛手も大きゅうなりましょう

し、殿下の思《おぼ》し召しともはずれることになりはしませぬか』

『余の考えじゃと？』

『はい』

『余が何を考えていると申すのじゃ？』

『申し上げてもよろしゅうござるか？』

『かまわぬ、申してみよ』

信長はカン高い声で叫ぶように言った。

利休はおだやかな口調で、

『殿下は、天下に精強をもって鳴る島津を、できるだけ無傷で降参させ、来たるべき戦の先鋒となさるおつもりではござりませぬか』

信長は表情を変えずに、

『これは異《い》なことを申す、来たるべき戦とは何か』

『琉球、それに高山国、あるいは呂宋といったところを攻めることでござる』

利休はおめず臆《おく》せず堂々と言い放った。

信長はじっと利休をにらんでいたが、やがて笑みを浮かべて、

『こやつめ、余の心中を見抜くとは、なかなかの奴』

『おそれ入ります』

利休も笑みを浮かべて頭を下げた。

ここでスクリーンが消えた。

「――信長は、やる気だな」

一連の光景を見ていた伊織は、苦々しい表情で言った。

「やる、とは？」

仁礼は、おそるおそる聞いた。

「決まっている。この前教えたではないか」

伊織は苛立《いらだ》っていた。

「東南アジア侵攻か――」

仁礼の言葉に、伊織は大きくうなずいて、

「ほかに何があるというのだ。これは急がねばならないな」

「何を？」

「暗殺計画だ。そのためには、まずあの女を始末する必要がある」

「どうするんだ？」

仁礼はごくりと唾《つば》を飲みこんだ。

「罠《わな》にはめる。いい考えがあるんだ」

伊織は自信たっぷりに言った。


「国友家との縁談、正式に受けると言われるか」

甚十郎はちょっと驚いた顔をしていた。

この前は、少し考えさせてくれと言っていたのに、この豹変《ひょうへん》ぶりはどうか。

「いいのだ、すぐに返事をしてくれ。それとも、おぬしは反対か？」

仁礼は聞き返した。

甚十郎は首を縦に振った。

反対するつもりはない。このことは仁礼にとっていい話だと甚十郎が頬をゆるめた。

「よかろう、すぐに使者をたてよう。一貫斎殿も喜ぶだろう」

話はとんとん拍子に決まり、十日後に祝言《しゅうげん》を挙げることになった。

十日後といっても、仁礼の方は大した支度《したく》はいらない。

九日間はあっという間に過ぎた。

明日は祝言という日の夜、仁礼は全身に緊張をみなぎらせて、寝床に入っていた。

眠ってはいない、ある事態を待っている。しかも、それはすぐに実現するはずである。

夜半を過ぎた頃、まぶしく青白い光が座敷の中に現われた。

「来た！」

仁礼のペンダントが反応した。

音は出ない。

胸に振動が伝わってくるだけだ。

仁礼は跳ね起きた。

女だ、あの女４０６２である。

４０６２が実体化する前に仁礼は刀を突きつけた。

女はそれを予期していた。

実体化すると、呆れたように仁礼を見上げ、そして言った。

「一体、どういうつもりなの、一貫斎の娘と結婚するなんて。そんなことをしたら歴史が変わってしまうでしょう」

「わかっている」

刀を突きつけながら仁礼はうつろな声で答えた。

「じゃ、どうして」

「——その答えは、ここにある」

突然、背後から別の声がした。

4062はあわてて振り向こうとした。

「動くな」

別の声がすかさず言った。

伊織だった。

「こういう事態を演出すれば、必ずおまえが姿を見せると思ったのでな。きのうで九日間連続待っていた。ひょっとすると祝言の直前まで待たねばならぬかと、ひやひやしたぞ」

「どうするつもり？」

「まず、こうだな。2039、油断するなよ」

そう伊織は声をかけておいて、4062のベルトを後ろからはずした。

女の顔に絶望の色が浮かんだ。

「それは？」

伊織が手早くそのベルトを身につけるのを見て、仁礼はたずねた。

「時空転移装置と、武器だ。このベルトさえ奪えば、こいつはタダの女さ」

伊織は勝ち誇ったように言い、懐から小型の箱を取り出した。

パラライザーと４０６２が呼んでいた武器である。

「それでどうするつもりだ」

「私を撃つのよ、決まっているでしょう」

４０６２が投げやりな口調で言った。

「その通りだ」

「殺すのか？」

「殺しはしない。当分は捕虜として、様子を見る」

伊織の言葉に、仁礼はほっとして、

「そうだな、それがいい」

「２０３９、この女が、どうしてここへ現われたかわかるか？」

伊織は突然変なことを聞いた。

「どうしてって？　それは、私と一貫斎の娘の結婚を阻止するためだろう」

「ははは、そうだ。だが、よく考えてみろ、おかしいではないか」

「――――？」

「この女が紊乱者の手先なら、そんなことをどうして気にする？　どうして身の危険をおかしてまで、ここへ現われねばならぬ？」

伊織の問いに、仁礼は答えられなかった。

そう言われてみれば確かにおかしい。

「教えてやろう、それはな、この女が本物の査察員だからだ」

「えっ、では、おまえは？」

「もう、言う必要はないな」

次の瞬間、パラライザーが発射された。

仁礼も、女も、その光線を浴びせられて意識を喪った。


「しっかりしてよ」

女の声がした。

仁礼は目を覚ました。

目の前に女の顔がある。

「４０６２、エミリーじゃないか」

「２０３９、記憶が戻ったの？」

「う、記憶？」

仁礼は頭を横に振った。

にぶい痛みが続いている。

しかし、目の前の女には確かに記憶があった。かつて一緒に仕事をしたことがある。

「４０６２、君のことは覚えている。というより会ったことがある。――だが」

仁礼は再び頭を右、左に振った。

「あとは思い出せない」

「――本当に頼りない人ね」

と、４０６２ことエミリーは愚痴を言った。

「もう少し早く、私のことを思い出してくれたら、むざむざ紊乱者に捕まらずにすんだのに」

「紊乱者、そうか、伊織の奴が紊乱者だったのか」

「そうよ、初めからそうだと言っているじゃない」

仁礼は身を起こして、あたりを見回した。

三方を板で囲まれた獄舎である。

正面は木の格子になっている。扉はあるが、鍵がかかっていた。

その向こうは部屋になっていて、階段が見える。どうやら地下牢らしい。

「とにかく、ここを脱出して、あいつを捕まえなくちゃな」

「それはそうだけど、どうやって捕まえるのよ、武器はすべて取り上げられたのよ」

「そう、その通りだ。余計なことは考えないことだな」

伊織の声がした。

あっと驚いて、二人が声のした方を見ると、いつの間にか伊織が格子の向こう側に立っていた。

「くそ、だましたな」

「だまされる方が間抜けなのだ。おまえを生かしておいたのは、囮《おとり》にして、その女を一緒に捕まえるためだ。それに気がつかないとは、めでたい奴よ」

伊織はうそぶいた。

「あなたは一体何者なの？　私たちをどうするつもり？」

エミリーが詰め寄った。

「計画の進行をしばらく見ていてもらおう。ただし、もし脱走しようとしたら、ただちに殺す。それを忘れるな」

「計画とは何だ」

今度は仁礼が詰め寄った。

「もう、わかっているはずだ。わしは信長をもっと長生きさせたいのでね」

伊織の言葉に、仁礼とエミリーは顔を見合わせた。

「信長を長生きさせて、一体どうするつもりなのだ?」

仁礼は牢の中から伊織に向かって言った。

伊織はにやっと笑って、

「決まっているだろう。歴史を変えるのだ」

「変える? どう変えるのよ」

エミリーが眉をつり上げた。

「ふふ、それはあとのお楽しみとしておこう。当分は生かしておいてやるから、仲よくやることだな」

伊織はそれだけ言うと、階段を上がって出ていってしまった。

仁礼とエミリーは牢の中に取り残された。

「——状況は最悪ね」

エミリーは処置なしと両手を肩まで上げて、壁を背に床に座りこんだ。

「——すまん、みんな俺の責任だ」

仁礼は立ったまま深々と頭を下げた。

「もう、いいわよ。それよりこれからどうするか考えましょう。——座ったら？」

「ああ」

仁礼は力なく腰をおろした。

自分の馬鹿さ加減に限りなく腹が立っていた。

「そう目くじら立てても仕方ないわよ。冷静に考えた方が、いいアイデアが出るかも」

「そうかな」

「そうよ、時間はたっぷりあるんだから」

「時間——」

仁礼はふと気がついた。

どうして伊織は自分たちを殺さないのだろう。殺す機会はいくらもあった。

いまでさえ、それをするつもりなら簡単にできるはずだ。

その疑問を仁礼はエミリーにぶつけた。

「トランスポンダーのためでしょう」

エミリーはあっさり答えた。

「トランスポンダー？」

「そう、生体トランスポンダー。時間局の局員には、全員埋めこまれているのよ。いつも信号を発していて、本人が死んだ時だけそれが消える」

「——？」

「わからない？　もし、ここで二人の反応が消えたらどうなる？　査察員が二人もこの時代で死んだとなれば、時間局も事態を重視して、今度は総力をあげてかかってくるわ」

「そうか、だけど、われわれがまだ生きているなら——」

「そう、当然、しばらくは様子を見るということになるでしょうね。その間に、あの男は着々と自分のプランを進めるつもりに違いないわ」

「時間局が、われわれの位置を把握しているとしたら、何らかの手を打ってくれるんじゃないのか」

「それは無理ね」

　エミリーは首を横に振った。

　仁礼はがっかりして、

「どうして、だめなんだ」

「トランスポンダーにはそれほどの精度はないの。司令部にわかるのは、私たちが西暦何年にいるかということだけ。生命反応を確認できる以上、すぐには応援を出そうなどとは思わないでしょうね。たぶん、連絡を待ち続けるでしょうね」

「トランスポンダーを使って、連絡は取れないのか？」

「そんな機能はないわ。ただ埋めこまれているだけですもの」

「じゃ、通信機のようなものが必要なのか」

「そう、でも、あってもダメよ。敵はいま通信を妨害してるんだから」

「待ってくれ、でも、あの男はフジオカという男と交信してたぞ」

「フジオカ？　査察官のこと？　そんなはずはないわ、あの男は査察員じゃないのに、どうしてフジオカ査察官と連絡するのよ？」

「でも、ヤツは俺の前で交信してみせた。フジオカ査察官はヤツの身分を証明した——」

　仁礼は狐《きつね》につままれたような顔をした。

「ははあ、そうか、それで、あなたは私のことを信用しなかったの？」

「ああ、そうだよ。だって、もし君が本物の査察員なら、当然するべきだと――」

「未来との交信は妨害されているのよ、それができれば苦労しないわ」

「じゃ、俺の見た交信は一体？」

「たぶん、どこかでフジオカ査察官と査察員の交信を傍受したのよ。そして、それを立体映像で録画して、自分の名前を入れてあなたに見せたに違いないわ」

「くそ、そうだったのか」

仁礼は歯嚙《はが》みした。

「伊織は天才的な犯罪者ね」

とエミリーはむしろ淡々とした口調で、

「ヤツの成功の原因は、過去と未来を結ぶ通信手段をすべて遮断できることだわ。それに、あの特殊なスクリーン――」

「天正十年に入れないようにしている？」

仁礼の問いにエミリーはうなずいて、

「そう、あれはヤツの発明よ。いままでそんなことができるなんて誰も考えもしなかった」

「ということは、ヤツは科学者か？」

意外に思った。どうもそういうタイプには見えない。

「少なくとも天才的な技術者であることは間違いない」

「仲間がいるということは？」

「たぶんないでしょう。もしいるなら、これまでに姿を現わしていいはずだもの」

「たったひとりの敵に、このザマか」

仁礼は目の前の格子をにらんだ。

鉄ではない。縦横にあるが木格子に過ぎない。扉には南京錠《なんきん》がついているだけだ。

仁礼は立ち上がって、その扉を揺さぶってみた。

「だめだ」

「防御スクリーンは張ってないみたいね。極めて原始的な牢獄だわ」

「その原始的な牢を破れる方法があったら、教えてくれないか」

仁礼はいまいましげにつぶやいた。

洛陽城、その天守と呼ばれる七層の櫓《やぐら》の最上階に信長はいた。

近習さえ遠ざけて、ひとり椅子に座っている。

そしてもうひとりの男がいた。

あの桜木伊織である。

「殿下、以上のような事情でございます。何にとぞご賢察くださいますよう」

伊織はそう言って頭を下げた。

「そうか、あの仁礼と申す男がのう、余を狙う刺客だとは――」

信長は不愉快そうにうなずいた。

「はい、あの男を野放しにしておいては、必ず殿下のお命を縮めることになります る」

伊織は別にデタラメを言上したわけではない。このまま放っておけば、仁礼とエミリーは何とか歴史の流れを正常に戻そうとするだろう。

正常に戻す、それは取りも直さず信長の死を意味する。

本来ならば、信長はもうこの世の人ではないのだ。

「では、なぜ早々に始末せぬ？」

「はあ、それは――」

伊織は口ごもった。

信長にすべてを打ち明けているわけではない。充分に信頼を得るために、様々な予言をした。未来を知っている伊織にそれはたやすいことだった。

だが、時を超えて行なわれることを、信長に理解させることは難しい。

「いましばらくお待ちくださいませぬか。あやつらの仲間をおびき寄せるためでござる」

伊織は嘘を言った。

信長は鋭い目で伊織をにらんで、

「あの男には、新しい知識がある」

「――――」

「銃のこと、一貫斎より報告が来ておる。見事な銃が仕上がったとな。ほかにも何か引き出せるのではないか」

「――――」

「それとも、伊織、そちが知っておるのではないか」

「何と、おおせられます?」

伊織は驚いて信長を見上げた。

「余の目を節穴《ふしあな》と思うなよ。そちも仁礼と同じ穴のムジナじゃ」

「殿下、それはお考え違いです。拙者は殿下の御為《おんため》にならぬことは一切考えておりませぬ」

あわてて伊織は言った。

それは本心でもある。

「わかっておる。だが、そちと仁礼はかつて同じところにおったのではないか、どうじゃ？」

二人ともこの時代の人間ではない。

信長はそのことに気がついているのだろうか。

「ご賢察恐れ入ります」

伊織は冷汗を掻いて頭を下げた。


高林甚十郎は憔悴《しょうすい》しきっていた。

国友の娘志乃との晴れの祝言を前にして、肝心の花婿仁礼三九郎がいなくなってしまったのだ。

仁礼を寄宿させていた甚十郎としては、大いに責任を感じていた。

必死になって、あちこち探し回ったが、仁礼の姿はどこにも発見できない。

きょうも、くたくたになって帰ってきたところであった。

――甚十郎殿。

突然、声がした。

うたた寝をしていた甚十郎は飛び起きた。

――仁礼殿か？

――そうだ。

驚いて甚十郎はあちこちを見回した。

声はするが姿は見えない。

――どこだ？

――来てくれ、遠くにいる。

(遠くに?)

甚十郎は障子を開けて庭へ出た。

——こちらだ、来てくれ。

——どこだ!


妻の綾があわてて飛んできた。

「どうなさったのです」

「仁礼殿だ、仁礼殿の声が聞こえる」

夫の言葉に綾は耳を澄ました。

だが、何も聞こえない。

しかし、甚十郎は刀を腰に帯びた。

「旦那様——」

「出かける」

甚十郎は馬を引き出させ、ただちにまたがった。

声は聞こえるのではない、頭の中で響いているのだ。——甚十郎はようやくそれとわかった。

声が大きくなる方向へ、甚十郎は馬を走らせた。

山里に入り、とある百姓家の前で、甚十郎は馬を降りた。

水車小屋のある単なる百姓家である。中には誰もいない。

——どこだ、仁礼殿。

——スイッチを探せ。

——すいっち?

その疑問と同時に、甚十郎の頭の中に、奇妙な映像が浮かんだ。

甚十郎は無意識に、その映像と同じものを、家の中で探していた。

それは部屋の片隅に、神棚の裏側に隠されていた。

——これか?

——そうだ、それを押せ。

甚十郎はその通りにした。
すると、たちまち床が下がり始めた。
甚十郎は驚きの声を上げた。
床が降りて、目の前の地下に別の部屋が現われた。
金属とガラスで作られた、見たこともないものが並んでいる。
甚十郎がそちらへ踏み出すと、また床は上昇していった。

――何だ、これは。

――甚十郎殿、近くに下へ降りる階段はないか。

甚十郎はあたりを見回した。
部屋の隅にそれらしき階段がある。
甚十郎はそこを降りた。
上の階と違って下は木で作られた大きな牢があるだけだ。
その中から二人の男女が叫びを上げた。
「ここだ」

「助けて」

甚十郎は駆け寄って、目を丸くした。

そこには仁礼と、美形だがあの奇妙な服を着た女がいるではないか。

「仁礼殿、一体どうなされたのだ」

「話はあとだ。ここから出してくれ」

仁礼は必死の形相《ぎょうそう》で言った。

甚十郎は扉を見た。

頑丈な錠がおりている。

「あそこに鍵があるわ」

エミリーが奥の壁を指さした。

確かにそこには鍵がかけてある。

甚十郎は取ってくると錠に差しこみ、二人を牢から出した。

「助かったよ、ありがとう」

「本当に助かったわ、この人が精神感応《テレパシー》に感応してくれてよかった」

甚十郎は目を白黒させて、

「一体どうなっておるのだ、この女は何者だ、仁礼殿」

「それは――」

「待って、それより、早く上に行きましょう。伊織が戻ってきては、何もかもぶちこわしになるわ」

エミリーは急いで階段を上がり始めた。

仁礼と甚十郎もあとに続いた。

上の階で、並んでいる機械類を見ると、エミリーは飛びつくようにして操作盤に駆け寄った。

「時空転移ができるわ」

エミリーは目を輝かせた。

「時間局へ戻れるのか？」

「いえ、それは無理、エネルギーが足りない。でも、プラスマイナス十年なら充分に可能よ」

「ということは天正十年に――」

そう言いかけて、仁礼は気がついた。

天正十年にはスクリーンが張り巡らされている。

ほかの時代から侵入することは不可能である。

「どうしよう、２０３９」

　エミリーも当惑していた。

　こうしている間にも伊織が戻ってくるかもしれない。

　仁礼はふっと顔を明るくした。

「そうだ、天正九年に移動したらどうだ？」

「えっ、九年に？　でも、私たちが目指しているのは十年よ」

「十年には入れないじゃないか。だから九年に入って、そこで待つんだ」

「――？」

「そこで待っていれば、自然に十年になる。いかにスクリーンでも、自然の流れに乗っているわれわれを、阻止することはできないだろう」

「そうか、そうすればいいのね」

　エミリーは操作盤のキイボードを叩いた。

　それまで黙っていた甚十郎が、たまりかねたように、

「何事でござる。仁礼殿、貴殿はなぜ牢などに閉じこめられておった？　この女は何者でござるか？」

　エミリーはかまわず一心にキイボードを叩いている。

仁礼は絶句した。

何から説明していいのか、それに準備ができたら、ただちに旅立たねばならないのだ。

「セット完了」

エミリーは仁礼を振り返った。

行かねばならない。

「甚十郎殿、世話になった」

仁礼は頭を下げた。

「どうしたのだ、それは」

「行かねばならんのだ」

「この女とか」

甚十郎は目をエミリーに向けた。

「――そうだ」

「志乃殿はどうなる？」

「――」

「女子《おなご》にあのような仕打ちをしておいて、貴殿はそのまま去ろうというのか」

「すまん」

仁礼は頭を下げた。

甚十郎は怒るよりもむしろ当惑顔で、

「わからぬな、なぜ、去らねばならぬ。この女のためか」

「そうではない、使命のためだ」

「使命？　それは何だ」

「それは――」

仁礼は口ごもった。

「信長公を殺すのさ」

突然、部屋の壁の前に、伊織が出現した。

時空転移を使って、その場で実体化したのだ。

「動くな」

伊織はパラライザーを三人に向けていた。

「何者だ、こいつは？」

甚十郎が仁礼を振り返った。

代わりに伊織自身が答えた。

「桜木伊織、信長公に仇《あだ》なす輩《やから》を退治せんと参上した」

「仇なす輩だと」

「そうだ、高林殿、この者どもはな、信長公の命を狙っておるのだ」

「いや、それは違う、われらは――」

あわてて叫んだ仁礼の言葉に、おおいかぶせるように、

「おれの言うことが嘘だと言うのか」

「そうよ」

たまりかねてエミリーが叫んだ。

「では、おまえたちは何をしに行く？　信長公が殺されるように段取りするためだろう？　それに違いがあるか」

「――」

仁礼は絶句した。

甚十郎は二人を見比べて、

「どうなのだ、仁礼殿、この者の言うことは本当なのか」

仁礼は返答に窮した。

歴史のプログラムを正常に戻すこと、それは取りも直さず、信長が本能寺にお

いて死ぬことを意味する。

「どうなのだ、仁礼殿」

甚十郎が再び言った。

「すまん、甚十郎殿。これには深いわけがあるのだ」

「わけもへちまもあるか、信長公に害意を抱くことには違いあるまい」

勝ち誇ったように、伊織は叫んだ。

その瞬間、わずかにできた隙をエミリーは見逃さなかった。

エミリーは座ったまま、仁礼の右手を握り強く引き寄せた。そして、キイボードの実行のキイを押した。

一瞬の差で伊織はパラライザーを発射した。

しかし、青白いビームが二人をとらえた時、二人の体はすでに半分消えかけていた。

「何をする！」

甚十郎が刀を抜き、伊織に斬りつけた。

その肩から血しぶきが上がって、伊織が倒れるところで、仁礼の視界からその光景が消えた。

あとは、何とも表現できないような異様な色と音が、仁礼とエミリーの感覚を包んだ。
あとでわかったことだが、仁礼はその時、時間をくぐり抜けていたのである。
続いて強烈なショックが仁礼を襲った。
そして、意識が遠のいていった。

第三章　天正九年京

気がついたのは、一瞬のちだったのだろうか、それとも数刻後だったのか。

とにかく仁礼は目を覚ました。

空が暗い。

遠くに三重の塔が見える。町のはずれの野原の中だった。

近くにエミリーが倒れていた。

仁礼は近づいていって、揺り起こした。

「ここはどこだ?」

「ああ、痛いわ」

と、エミリーは頭を指で押さえて顔をしかめたあと、

「計画通りなら、ここは天正九年十二月二十七日の京都のはずよ」

「十二月か」

仁礼はあたりを見回した。

そういえば寒い、それに人影はない。

「わざと町はずれにしたのよ。衆人環視の中に降りたら大きな騒ぎになるでしょ」

エミリーは立ち上がりながら言った。

「時刻も夜中にしたのか？」

「そう、午前二時のはずよ。人通りはないでしょう」

「――それにしても、伊織のヤツ、甚十郎に斬られたみたいだったが」

「あなたも見たの？　私にもそこまでは見えたけど、あとはどうなったか――」

「助かったと思うか？」

「わからない。でも、もし無事なら、われわれの位置はヤツに知られているわよ。座標をセットしたままだから。――２０３９、急いでここを離れましょう」

「ああ」

仁礼とエミリーは町の灯《あか》りの方へ向かった。

「これから、どうする？」

仁礼はエミリーの服装をあらためて見ていた。

誰か人に出会ったら、この服装だけでひと騒動おこるだろう。

「お金は持ってる?」

「いや」

仁礼は首を横に振った。

あと数時間で夜が明ける。

何の準備もないまま、ほとんど裸の状態で放り出されて、これから一体どうすればいいのだろう。

仁礼は途方に暮れていた。

とにかく寒い。

十二月の京都、しかも底冷えする夜明け前。

あと数時間で夜が明ける。

その前に、取りあえず身を落ち着けるところを、どこか探さねばならない。

一体どうしたらいいのだ。

仁礼はともかく、エミリーは目立ちすぎる。

仁礼はいま、この時代の武士の服装をしている。頭はまげを結っただけのザンギリだが、そのほかはまともだ。

しかし、エミリーは違う。エミリーは髪は短く栗色で、瞳も少し青みがかっているうえに、ぴったりとしたウェットスーツのようなものを着ている。

こんな異様な風体では、夜が明けたら注目の的《まと》になるだろう。

移動ポイントからは少しでも離れた方がいい。追跡の危険があるからだ。

しかし、このまま当てもなく京の町中へ入っていくわけにもいかない。

「こんな時、どうしたっけ?」

エミリーは仁礼に言った。

「えっ」

仁礼は質問の意味がわからなかった。

「訓練にあったじゃない、何の準備もなく、見知らぬ時代に放り出された時、どうするか?」

「ああ、マニュアルだな」

仁礼は思い出した。

その第一条件は、「流民《るみん》の中に身を投じよ」だった。

どんな時代にも、必ず通常の暮らしをする集団とは別の集団がある。そういう集団は、余所者《よそもの》を受け入れやすく、また権力や官憲とも対立していることが多いので、好都合だ。

「流民か、流民というと？」

つぶやくように仁礼は言った。

「この時代なら、旅芸人とか、野武士あるいは夜盗ね」

「旅芸人か、確か歌舞伎の源流が始まったのも、この時代からだったね」

「ええ、阿国《おくに》歌舞伎、後の歌舞伎と違って、女性主体の華やかなレビューのようなものよ」

「レビューか。じゃ、エミリー、君には向いているんじゃないのか」

「残念、阿国の活動期はもう少しあとよ。それに旅芸人の一座は、どこにいるかわからない」

「鴨川《かもがわ》の河原に行ってみたらどうだ？　役者のことを河原者というんだろう」

「ええ、差別的に呼ぶ言葉ね。その通りよ。そこへ行ってみましょうか」

「ああ、第二条よりはマシじゃないか」

第二条というのは「宗教集団に保護を求めよ」というのである。

宗教集団も、権力と対立して弱者を保護する立場であることが多い。

（だが、この時代の寺はだめだ）

と仁礼は思った。

仏教は腐敗堕落している。

それゆえに、信長の比叡山焼き討ち事件が起こったのである。

「待って」

エミリーが突然立ち止まった。

「どうした？」

「そちらにしましょう」

「第二条か、でも、寺じゃどんな目に遭わされるか、わからないぞ」

何しろ、この時代の僧は兵士といった方が正確で、しかも女を犯すことなども平気でする。戒律など一切無縁の坊主どもなのである。

「教会よ」

エミリーは叫んだ。

「教会？」

そうか、と仁礼は思い出した。

この時代には、教会がある。

南蛮寺ともいい、カトリックの教会があるはずだ。

「よし、そこへ行こう」

仁礼も賛成した。

京四条坊門姥柳《うばやなぎ》町——。

そこに、日本人からは南蛮寺と呼ばれている三階建ての奇妙な建物がある。

ルイス・フロイスを中心としたイエズス会の神父たちが、苦労に苦労を重ねて建設したカトリック教会であった。

日本の首都である京に、このような教会が建てられるようになるまで、イエズス会は何度も迫害を受けていた。

焼き討ちに近い状態で追い払われたこともある。

しかし、信長が天下の権力を握ってからは、すべては一変した。

信長は、京を牛耳っていた松永弾正《まつながだんじょう》や前将軍足利義輝《あしかがよしてる》のように、決してキリスト教を毛嫌いしようとはしなかった。

むしろ積極的に保護したのである。

それは信長が仏僧の腐敗ぶりに、ほとほと愛想が尽きていたのと、彼ら宣教師が西洋の新知識を携えていたことが幸いしたのである。

現在、イエズス会の布教総責任者は、ポルトガル人のフロイスからイタリア人のオルガンチノに移っていた。

会の本部は安土《あづち》にある。

安土には信長の築いた巨城があり、繁栄を極める城下町がある。

その町に神学校《セミナリオ》と共に、教会がある。オルガンチノはそこを本拠とし、教区を巡回している。

京の教会はイスパニアのカリオン神父に任されていた。

カリオンはその日も夜明け前に起きて、朝のミサの準備をしていた。

「もし、お願い申します」

教会の扉を叩く音が聞こえた。

カリオンは首を傾《かし》げた。

まだ夜は明けていない。

それに、激減したとはいえ、仏教徒側の嫌がらせも、ないとはいえない。

「どなた、ですか？」

カリオンは、あまり得意とは言えない日本語で、たどたどしく聞いた。

「お願《ポルファボール》いします。助けてください」

「おお」

カリオンは、その女の声が耳慣れた母国語であるのを知り、驚いて扉を開けた。

「神父様」

そこに異様な風体の女性が立っていた。

明らかにこの国の顔ではない。

髪も短すぎるし、目の色も少し違う。

「あなたは？」

カリオンはイスパニア語で聞いた。

「私はエミリアと申します。こちらは夫のニレイ・サンクロウです」

と、エミリーは自分の名をイスパニア風に発音すると、仁礼を紹介した。

カリオンは仁礼をちらりと見ると、

「どうなさいました？」

「私たちは異国生まれの日本人、私は日本人とイスパニア人との混血です。このたび、一度故郷を見たいと思い、堺へ上陸しましたが、ここへ来る途中、野盗に襲われて荷物を奪われてしまったのです。食べ物もなくお金もありません。どうかお助けください」

歩いてくる途中に考えた筋書きだった。

嘘を言うのは良心が咎《とが》めるが、ここは仕方がない。本当のことを言っても信じてもらえないだろう。数世紀先の未来からやってきて、その任務は「信長を正しく殺す」ことだなどと言っても、受け入れられるどころか、狂人扱いされるのがおちだ。

カリオンはその話を信じた。

何よりもエミリア、いやエミリーの顔が絶妙の信用手形になった。

「わかりました、お入りなさい」

カリオンは二人を教会に請《しょう》じ入れ、修道士のロレンソを呼んだ。

ロレンソは日本人である。

「この、二人に食事と、それから何か着るものを女性に。このままの姿では目に毒だ」

カリオンの言葉に、ロレンソは生《き》まじめに頭を下げた。

二人は食堂に案内された。

テーブルの席につくと、ロレンソは皿に雑炊のようなものを入れて持ってきた。

「どうぞ」

「ありがとう」

エミリーは日本語で言った。

腹は二人ともペコペコだった。

木でできたスプーンを取って、いきなり流しこもうとするエミリーに、ロレンソは小さな声で言った。

「お祈りはなさらないのですか？」

「あっ、そうか」

エミリーはあわててスプーンを置き、テーブルの上に両ひじを載せて、手を胸の前で組んだ。

「天にまします我らが主《しゅ》よ。きょうも日々の糧《かて》をお与えくださいましたことを感謝します」

エミリーは祈りの言葉を口にした。

「着るものを取って参ります」

ロレンソは食堂を出ていった。

「うまいもんだな」

「何が、このスープ？」

「違うよ、祈りの言葉だよ」

「ああ、ひいおばあちゃんの代まではカトリックだったから」

エミリーは小声で答えた。

「それで、これからはどうする?」

「しばらくはこの教会に置いてもらいましょうよ。それで様子を見ましょう」

「置いてくれるかな」

「少なくとも、身の立つように取りはからってくれるはずよ。それに、教会は信長とも親しいんでしょ」

「そうだった」

そこへロレンソが黒の洋服をかかえて戻ってきた。ワンピースのドレスだ。

「これで、いかがでしょうか、信徒のために作ったものです」

エミリーは受け取ってサイズを合わせてみた。

「まあ、ぴったり、どうもありがとう」

エミリーの言葉に、ロレンソは初めて笑顔を見せた。

早朝ミサが始まると、教会には日本人信徒が大勢集まってきた。

見ていると町人が多いが、武士もかなりいる。

キリシタンはこれほど盛んなのかと、仁礼はあらためて目を見張る思いだった。

仁礼もエミリーと並んでミサに参列した。

「仁礼、あなたの洗礼名は何というのです？」

ミサが終わったあと、カリオンが聞いてきた。

「ええ、それは――」

仁礼は返事に詰まった。

それもそのはず、そんなものは初めからないからだ。

「パウロよね」

エミリーが助け船を出した。

「ああ、そうです、パウロ」

「おお、パウロですか。では、これからあなたのことをパウロと呼んでもかまわないでしょうか？」

カリオンはやせていて、ヒゲを生《は》やしている。

言葉はたどたどしいが、誠実さがあふれている。

「はい、かまいません」

「洗礼はどこで？」

「それが――。よく覚えていないのです。父は旅から旅への商人でしたから」

「そうですか。あなたもイスパニア語を話せるのですか?」

「ええ、少しは」

「それはよかった。私はイスパニア生まれですが、ポルトガル語も得意です」

「あっ、でも、私は、それほど話せませんので、できればこの国の言葉でお願いしたいもので——」

仁礼は言った。

英語なら話せないこともないが、この時代のヨーロッパのそんな田舎の言葉を話しても、わかってくれる者はいないだろう。

「あなたたち、疲れている。しばらくじっくり休みなさい。それから落ち着いたら、身の振り方について相談に乗ります」

「ありがとう、神父様」

仁礼はエミリーと共に教会の一室を与えられた。

「さて、身の振り方か、これからどうする?」

「まず、資金ね。自由に動き回るには、どうしても、お金が必要よ」

「どうやって作る?」

「そうね」

エミリーはしばらく考えていたが、

「薬を作るというのはどうかしら」

「薬？」

「そう、薬草よ。私たちの医学知識で、薬草に限らず、いろんな原料から薬を作って、それを売るのよ」

「でも、それじゃ、相当時間がかかるんじゃないか」

「じゃ、ドロボウでもしろと言うの？」

「そうは言ってない。しかし、あの伊織もいつ追跡してくるか」

時の紊乱者《びんらんしゃ》桜木伊織のことだ。

「待って、伊織はすでにこの時代のどこかにいるわよ」

エミリーがはっとして言った。

「えっ、どうしてわかる」

「だって、彼は本能寺に放火したんでしょう。そして、この時代に、いや、天正十年に防御スクリーンを仕掛けた」

「そうか、その時の奴がいる」

「時の逆説《タイムパラドックス》だわ。紊乱者伊織は天正十年にもいる。そして、あの信長が本能寺で死なずに生き残った時代にもいる」

「いまのところ、奴は現われないな」

仁礼は、桜木伊織がどうなったか、気になってならなかった。

伊織の手元には時空転移装置がある。

ということは、伊織は仁礼たちを追跡できるはずだ。

あの時、伊織は重傷を負ったのかもしれない。しかし、ケガが回復すれば装置を使って再び追跡してくることができるはずだ。

ケガさえ治れば、彼はいつでもここへ来ることができるのだ。

そう、いつでも、どの時点へでも。

(こう思っている間にも、突然背後に現われるかもしれない)

仁礼はぞっとした。

その可能性は充分あるのに、仁礼にもエミリーにも、それに対抗する方法はない。

そのことを言うと、エミリーは首を左右に振って、

「だいじょうぶよ。いきなり現われる可能性はないわ。もし現われるとしたら、われわれがこの時代に到着した直後よ。それしかないわ」

「──？」

「だって、彼には、われわれの位置はわからないもの。われわれの位置を探知できるのは、時間局のコンピュータだけよ」

「じゃ、彼にとっては、われわれを捕らえるチャンスは、京都に来た直後の時点でなければならないわけか」

「そう、その時点で、彼は現われなかった。ということは、ひょっとすると──」

エミリーはそこまで言って口をつぐんだ。

「うん？」

仁礼は物問いたげにエミリーを見た。

しかし、エミリーは首を左右に振って、

「いえ、いいわ、何でもない」

「何だい、気を持たせるじゃないか」

「いいのよ、それよりも、明日からのことを考えましょう」

「薬草採りか」

「そう、まずそれを考えなければだめよ」

エミリーは断言するように言った。

薬草を採って、薬を作りたいという、エミリーの申し出は、カリオンを喜ばせた。

カリオンにとっても、教会に無為徒食の者がいるよりも、はるかにありがたいことだ。

「あなたは薬草に詳しいのですか？」

カリオンは念のために聞いた。

「ええ、私の父は医者で、ずっとその研究をしていました。五百種以上の薬草について知っています。たぶん、神父様より詳しいと思いますが」

エミリーは自信ありげに答えた。

カリオンは大きくうなずくと、

「それはいい、では、私が薬草のあるところを紹介しましょう。実は、薬草園、いま作っています」

「どこにですか？」

仁礼が聞いた。

「安土の近く、イブキヤマという山です」

カリオンの言葉に、エミリーと仁礼は顔を見合わせた。

伊吹山のことだろうか、それなら近江《おうみ》・美濃《みの》国境近くにある有名な山だ。

しかし、その山がイエズス会の薬草園だったというような話は聞いたことがない。

そのことを言うと、カリオンは首を横に振って、

「われわれではない。ノブナガ様が、考えられたことです」

「信長――公が？」

「左様、ノブナガ様は日本全土に、もっと安く大量に薬が手に入るように、イブキヤマを薬草園にすることを思いつかれたのです」

「なぜ、伊吹山にしろと？」

「あそこは、まずノブナガ様の安土城に近い。それから、なだらかな山で登りやすい。その斜面にいくらでも薬草を植えることができる。頂上近くには寒いところに生える薬草、ふもと近くには暖かいところに生える薬草――」

「わかりました。それをイエズス会が応援していると？」

仁礼が言うと、カリオンはうなずいて、

「左様、その通り。日本教区の長《おさ》であるオルガンチノ様も、生まれ故郷のイタリアから、いろいろ取り寄せています。あなたたちは、まず安土をたずねるのがい

いでしょう。オルガンチノ様にお会いなさい」

オルガンチノはイエズス会の日本教区長だという。

となれば、信長とも接触があるはずだ。

情報を探り出しやすい。

(願ってもないことだ)

「すぐに出発したいと思います」

仁礼の言葉に、カリオンは目を丸くした。

「変わっていますね、パウロ、あなたは、この暮《くれ》の時期に旅をしようというのですか」

(そうか)

と、仁礼は思った。

今は十二月なのだ。

きょうあたりはもう二十八日か二十九日か――。

「神父様、きょうは一体何日ですか」

「われわれの暦《こよみ》では十二月二十八日、日本の暦では十二月九日です」

カリオンはすらすらと答えた。

「旧暦なのよ、日本の暦は」

エミリーは聞き取れぬほどの小声で言った。

「ええ、だから――」

と、仁礼はことさらに声を張り上げて、

「われわれの暦では、確かにあと三日で正月です。でも、日本人はそうではありません。旅をするのに不自由はないと思います」

「わかりました。あなたがそうおっしゃるなら。では、オルガンチノ師に紹介状を書きましょう」

「ありがとうございます」

仁礼はほっとして、エミリーと共に頭を下げた。

翌日、二人は旅姿で京を出発した。

エミリーは、顔を隠す笠と着物を借りた。旅費もカリオンが貸してくれた。

京から近江安土へ抜けるには、逢坂山《おうさかやま》を越えて大津に出て、琵琶湖《びわこ》にかかる瀬田の唐橋《からはし》を渡るのが早道である。

安土への街道は本当によく整備されていた。

数里ごとにきちんと松が植えられ、旅人のための休憩所があちこちにある。

もちろん、食べ物や水を求めることもできる。

それに関所など、交通の便を妨げるようなものは、まったくなかった。

道行く人々の顔も、皆生き生きしている。

「本当に自由ね。安全だし」

エリーが感嘆したように言った。

「本当だ」

仁礼も感心していた。

おそらくこれほど安全で快適な国はこの時代、世界中を探しても日本だけだろう。

少しあとの江戸時代も安全かもしれないが、自由と繁栄という点に関しては、この時代には到底及ばないように感じられた。

二人は半日のうちに、瀬田の唐橋までたどりついていた。

この橋もまた見事なものだった。

幅はあくまで広く、橋の途中には休憩所まである。

江戸時代の橋と比べても大きいような気がする。

「そうね」

と、エミリーは認めた。

「――江戸時代の橋は交通の便よりも、治安の維持を重視してるのよ。だから小さい方がいいの。いざとなれば、落とせるような、チャチな橋の方がいいのよ」

「ふうん、とんでもない話だな」

瀬田の唐橋から見る琵琶湖は、まさに絶景ともいうべき景色だった。

あまりの美しさに、仁礼は思わずエミリーに言った。

「橋の途中の休憩所で少し休んでいかないか」

「遊びじゃないのよ。任務があるでしょう」

エミリーは口をとがらした。

「いいじゃないか。お茶ぐらい飲んだって」

仁礼はエミリーの手を引っ張って半ば強引に茶店の中へ入った。

その気配に、奥の腰掛けに座っていた男が振り向いた。

その男の顔を見て、仁礼もエミリーも一瞬息が止まるほど驚いた。

その武士こそ、あの桜木伊織だったのである。

（伊織！）

仁礼は思わず身構えた。

だが、伊織の表情には変化はない。

そのまま、また向こうを向いた。

「――どういうことだ？」

「しっ、もっと小さい声で」

エミリーが聞き取れないほどの低い声で言った。

「どういうことなんだ」

「あたり前でしょ、ここは天正九年なんだから」

「――？」

「われわれが初めてあの男に会うのは、これから三年後よ」

エミリーは言った。

「そうか、奴はまだ、われわれのことを知らないいんだな」

「その通り、だから印象に残らないようにして」

「わかった」

仁礼とエミリーは、そこで黙ってお茶を飲んでいることにした。

しばらくして伊織は茶代を払うと立ち上がった。店を出て、東の方角へ向かった。

「尾《つ》けましょう」
エミリーは少し間を置いて、金を払うと仁礼と共に外へ出た。
ずっと先の橋の上を、伊織が行くのが見える。
二人は伊織にあまり近づかないように注意しながら、慎重に彼を尾けた。
伊織は街道をかなり速い速度で歩き、大きな分かれ道にさしかかった。
直進すれば岐阜へ、左へ曲がり真北へ進めば安土である。
伊織は左へ曲がった。
安土である。
二人はほっとした。
これなら同じ行き先だ。
平野に、ちょうど椀を伏せたように、小高い丘がある。
その丘の上に安土の城はあった。その構造図も記憶ファイルにあった。
外見は五層、城内に入ると地下も含めて七階建てになっている。
外壁は金銀がちりばめられ、屋根はすべて青の瓦《かわら》である。
琵琶湖の湖岸に大きな町と城ができているのである。
城下町のにぎわいも見事なものだ。

伊織はその町の中央通りにある大きな商家へ入った。

「天王寺屋吉右衛門《てんのうじやきちえもん》」と看板にある。

「天王寺屋――堺の商人かしら」

エミリーはつぶやいた。

伊織は中に入ったまま出て来ない。

「どうする?」

仁礼は言った。

「仕方がないわ。ここはいったん引き揚げましょう。天王寺屋と伊織が結びついている、このことがわかっただけでもありがたいわ」

二人はそこで、最初からの目的地である安土神学校《セミナリオ》に向かった。

そこにはオルガンチノ神父が、二人を待っているはずだ。

「パードレのいるセミナリオはどこでしょうか」

仁礼は近くの商家に道をたずねた。

「ああ、あんたも信者かね。セミナリオはね――」

と、中年の実直そうな男は詳しく道を教えてくれた。

セミナリオも町の中心にある。

場所はすぐにわかった。

オルガンチノ神父は、日本人から親しみを込めて、「うるがん様」と呼ばれている。

イタリア人で、小山ほども太っている。しかし、顔は優しく実に大らかな人柄だった。

「よく来られましたね。歓迎します」

京のカリオン神父からの紹介状を見せると、オルガンチノは全身で歓迎の意をあらわした。

「まず、旅の疲れを取って下さい。イブキヤマの薬草園には、誰かに案内させますが、今はやめた方がいいかもしれない」

「どうしてです？」

エミリーが聞いた。

「冬のイブキヤマは寒すぎる。雪も多い。春まで待った方がいい」

「でも、そんなに長い間、お世話になるわけにはいきませんよ」

仁礼が言った。

ただ、申しわけないという気持ちだけではない。雪解けまで待つとなれば、三月まで、いや、このあたりは雪が深いから四月までかかるかもしれない。

しかし、本能寺の変は来年の六月二日なのである。来年といっても、もう暮れだからちょうど半年しかない。

その間に、伊織の陰謀を暴《あば》き、本能寺の変を歴史のプログラムとして、予定通り遂行させせなければならないのだ。

「そんなに、あわてることはありませんよ。のんびりと行きましょう」

オルガンチノは、人の気も知らないで、おだやかに言った。

セミナリオの世話になることは、意外に情報収集の役に立つ——。仁礼は二、三日して、そのことを実感した。

何しろセミナリオは安土の町の中心にあり、士、農、工、商あらゆる階層にわたる信者が、礼拝にやってくる。

その信者たちと話をするだけでも、多くの情報が得られるのである。

信者たちは特にエミリーに関心を持った。

セミナリオに来てからのエミリーは、またワンピースを着ていた。

この方が信者たちの関心を引くと考えたのである。

それは正解だった。

信者たちは、この南蛮人でありながら日本語を上手に話す美女に、関心を持った。

こちらで呼びもしないのに、信者たちは何かとエミリーに近づいてくるのである。

その中でも、安土の商人近江屋伝兵衛《おうみやでんべえ》の情報は貴重だった。

エミリーはさりげなく話題を天王寺屋の方へもっていったのである。

「ああ、天王寺屋さん。あれは堺の有名な豪商の分家さんでございますよ。当主の吉右衛門さんは、まだお若い。三十そこそこじゃありませんか」

伝兵衛は、熱心な信者らしい。四十を過ぎてこの道に入ったが、篤信《とくしん》者だとの評判である。

「どんなご商売を」

仁礼はエミリーの脇からたずねた。

「鉄砲から茶道具、異国との交易が中心でございますよ」

「では、安土のお城にも――」

「ええ、ええ、信長様のご信頼も篤《あつ》いはずでございますよ。そう言えば、この間もお城の方へ呼ばれたとか」

「近江屋さん、四、五日前のことだが、私の知人によく似た人が、天王寺屋さんへ入っていくのを見たのだが、ご存じあるまいか。桜木伊織殿と申されるのだが」

「ああ、桜木殿、お噂はうかがっています。確か南蛮帰りの御方とか」

「そうそう、それだ。天王寺屋とは親しいのか」

「さあ、よくは存じませんが、天王寺屋さんには、よくお出入りになっているようで」

「天王寺屋さんって、どんな人？」

エミリーが言った。

伝兵衛は苦笑して、

「お若いが、なかなかのやり手で。あの人とは商売敵《がたき》にはなりたくないものですな。私は扱う品が違いますから、助かっておりますが」

仁礼は考えていた。

伊織と天王寺屋との結びつきは何か。

伊織の狙いは本能寺の変の阻止にある。

信長を天正十年以降も生かし続けるのが目的だ。

となると、天王寺屋との結びつきは、それにプラスになることが、何かあるに違いない。

問題はどうやってそれを探るかだ。

仁礼はエミリーを見た。

エミリーも同じことを考えていた。

伝兵衛が帰ったあと、エミリーは仁礼を教会の一室に誘うと、

「どうやら、この辺で根本的に作戦を練り直す必要があるようね」

「そうだな」

仁礼も同意した。

「当面は二つの方向から作戦を考えるのがよさそうね」

「二つ？」

「そう、二つの方向よ」

エミリーは確信ありげに言った。

伊織は天王寺屋吉右衛門と会っていた。

「桜木様、来年、京にてお目にかかれるものと思っておりましたが」

吉右衛門は抹茶をたてて伊織に勧めた。

「かたじけない」

伊織はそう言って茶を飲むと、

「実は厄介《やっかい》なことが起こってな。金を少々用立ててもらいたい」

「ほかならぬ桜木様のためならば、いかようにもご用立て致しましょうが、いかほどでございまするな」

「うん、そうだな、十貫文もあれば足りるだろう」

「また、からくり道楽でございますか」

「そんなところだ」

吉右衛門は伊織をからくり師だと思っている。

伊織の方がそう思いこませたのである。

奇妙な機械《からくり》を操る人間、そう思われていた方が何かと安心だ。

吉右衛門の方は、伊織の要求なら相当なことでもかなえてやるつもりでいた。

伊織は不思議な男だった。

新しい商品の知識、相場の変動、どこで何が求められているかを、ことごとく知っていた。

（まるで未来《さきのこと》を知っているかのようだ）

とにかく、伊織の言うことを聞いていればまちがいない。

吉右衛門にとって伊織は、宝を生みだす打出《うちで》の小槌《こづち》だった。

少々の銭など惜しくはない。

「それにしても桜木様、今度はどんなからくりをお作りになるので？」

「言ってもわかるまい」

伊織は鼻で笑った。

それは事実だった。

時間局からの干渉を防ぐため、天正十年に防御スクリーンを張る。そのための施設を作るための金だと言っても、天王寺屋は何が何だかわかるまい。

エネルギー源となるプルトニウムは用意してある。スクリーン発生装置もある。

問題はこれをカムフラージュするための建物だった。

時間局のことは心配ない。スクリーンが作動してしまえば、彼らの干渉は排除できる。

この時代の人間の方が危ない。

発生装置が発見されたら、物見高いこの時代の人間は、必ずいじくり回して壊してしまうだろう。

下手に壊せば、プルトニウム爆発の可能性だってある。それを防ぐためにも、慎重の上にも慎重を期して隠す必要があった。

（山の奥に置くか、それとも町中がよいか）

伊織はそのことで真剣に迷っていた。

「どうかなさいましたか？」

物思いに耽《ふけ》っている伊織を見て、吉右衛門は声をかけた。

「いや、何でもない」

伊織は、まだ少し残っている茶を、ぐっとあおった。

第四章　本能寺の変

「二つの方向って、どういうことだい」

セミナリオの奥の一室で二人きりなると、仁礼はエミリーに言った。

エミリーはうなずいて、

「一つは、桜木伊織。あの男がこれからどういう動きをするか。その方向から探っていくということ」

「もう一つは？」

「それは、歴史通り、明智光秀の動きを探ることよ。彼が本能寺で信長を殺すんだから、その動きを伊織は必ず邪魔しようとするに違いないでしょう。どう、この両面から考えていくほかに方法はないと思わない」

「ちょっと待ってくれ。信長殺しの犯人が光秀だというのは確実なんだろうか」

仁礼はかねて疑問に思っていたことを、口にした。

「えっ、どうしてそんなことを思うの？」

エミリーは目を丸くした。

「うん、それは——」

「だって、光秀が本能寺の変で信長を討ったことは、歴史上の事実じゃない」

「だけど、あの時代、われわれが今までいた未来では、光秀は信長の忠実な部下だった」

「それは、タイミングをはずしたからよ。あの時代は、本能寺がなかったでしょう。つまり、あの伊織が焼いたから。そのことで、光秀は反乱のチャンスをはずしてしまったのよ」

「そういう考え方もあるな、確かに」

仁礼はうなずいた。

「あなたはそうじゃないって言うの？」

「その可能性もあると言っている」

「へーえ、どうしてそんなことを思うようになったの？」

「——理由を問われると困るんだが、単なるカンなんだけど」

「カン？　非科学的ね」

エミリーは眉をひそめた。

「それはそうだけど」

と、仁礼はエミリーを見て、

「光秀が本能寺で信長を討ったということは、確かに俺も習ったよ、学校でね。その動機は何だっけ？　思い出せない」

「信長は四国の長宗我部元親とのパイプ作りを光秀に命じていた。光秀はそれを忠実に守って一の家老斎藤利三の妹を元親に嫁がせ、二人の間には跡継ぎの信親も生まれた。しかし信長は元親の勢いが強くなりすぎたのを恐れ長宗我部を倒そうとした。そのための織田艦隊が大坂を出港する予定日が天正十年六月二日だった。ところが光秀がその日の未明に本能寺を急襲したため、長宗我部征伐は中止になった。つまり信長が光秀の長年の努力を踏みにじったのが本能寺の変の原因ね。あなたはそれ以外に原因があるというの？」

エミリーの言葉に仁礼は昔習ったことを思い出したが納得はいかなかった。

「それ以外に何かの力が働いていたような気がするんだ」

「伊織のこと？」

「いや、伊織は信長を守る立場だろう。殺す側の話だよ」

「つまり時間局の歴史探査でも把握しきれなかった何か別の真相があるということ？」

「そういうことになるかな。このことについて、伊織は何か情報を持っているんじゃないだろうか」

「どんな情報？」

「われわれの摑《つか》んでいない事実さ。だからこそ、彼は本能寺の変を阻止することができた」

「でも、それを知ってるなら、わざわざ本能寺を燃やすことはなかったんじゃない」

「いや、そうともいえないぞ」

「どうして？」

「天正十年六月一日に、信長は京の本能寺に宿泊した、これはまちがいない。だからといって本能寺をなくしてしまえば、信長は京に泊まることをやめただろうか」

「あっ、そうか、とにかくその日に京都に用事があったのなら、本能寺が焼失していてもどこかほかのところに泊まったかもしれない——」

「そうだよ。だから、本能寺に何故泊まったんだ？」

「――中国出陣のためとされているけど」

「毛利征伐のためにかい？　でも、それならこの安土から出ればいいじゃないか。なぜ小人数で京へ行く必要がある？」

「そう言われてみればそうだわ」

「信長があの日どうして京へ行かねばならなかったのか。その理由がわからない限り、本能寺の変の真相は解けないのじゃないだろうか」

仁礼は真剣な表情で言った。

信長は安土城に前関白近衛前久《さきのかんぱくこのえさきひさ》を迎えていた。

前久は最高位の貴族だが、関白はすでに辞しているため、かなり自由にふるまうことができた。

信長はそれを知って、この安土城に前久を招待したのである。

信長は山海の珍味を取り寄せて、前久を手厚くもてなした。

「近衛卿、この信長、ぜひ、主上《おかみ》にお願いしたき儀がござる」

ふるまい酒に酔い痴《し》れて、もうろうとしていた前久は、あわてて姿勢を正した。

「いや、前右府殿《さきのうふ》の願いとあらば、お取り次ぎするにやぶさかではないが――」

と、前久は公家特有の語尾を濁す話法を使った。相手の真意がわからぬ時はこうするのがよい。

これが公家特有の知恵である。

信長はそんなことは先刻承知だ。

「ぜひ、お伝え下され、この信長、関白に推任《すいにん》いただきたいと」

「か、かんぱく？」

前久は目を白黒させた。

関白というのは、人臣最高位である。

これ以上の官職はない。

「なりませぬか」

信長はじろりと前久をにらみつけた。

前久は震え上がって、

「いや、左様なことはない。左様なことはないが、関白というのは、五摂家《ごせつけ》のお生まれでないとな」

前久は言いにくそうに言った。

五摂家とは藤原一族の中でも、特に高貴な血筋とされる五つの家で、近衛家もその中に入っている。

「主上は、お許しになりませぬかな」

「――うーむ、何しろ、朝廷というところは何事も慣例を重んじますのでな」

信長はそんなことは耳に入らないような顔をして、

「もう一つ、お願いがござる」

「――？」

「この際、今上《きんじょう》の主上《みかど》は御退位いただき、誠仁親王《いちのみや》に位をお譲り願えまいか」

前久は今度こそ飛び上がった。

帝に退位しろという、その脅迫の使者が自分の役目だと気がついたのである。

(主上の退位を望むとは)

前関白近衛前久は、怒りと驚きで目がくらむ思いだった。

いかに実力があろうと信長は天皇の一臣下に過ぎない。

その臣下が、今上の帝について、その進退を云々《うんぬん》するというのは何たる思い上がりだろう。

「いかがなされた？」

信長は前久の目をのぞきこむようにして言った。

「あ？　いや」

前久はあわててごまかし、

「いささか酒に酔うたようじゃな」

「左様でござるか」

と、信長は言い、前久の顔を見て念を押した。

「先程の件、くれぐれもお忘れなきよう」

「――――」

「おわかりでござるか」

「いや、あいわかった」

前久は不愉快だった。

前の関白、人臣として最高位を極めた自分に対して、何たる失礼な物言いであろうか。

（あかん、信長を何とかせねば）

前久はそれを痛感した。

京への帰途も、前久はそればかりを考えていた。

信長が今上の帝の退位に拘《こだわ》る理由は簡単だ。帝が信長の思い通りにならないからだろう。それに比べて、皇太子の誠仁《さねひと》親王はおだやかな性格で、何事も「よきにはからえ」と言う。信長にとってこれほど御《ぎょ》しやすい相手もいないだろう。

しかし、だからこそ帝が退位し誠仁親王が即位すれば、大変なことになる。

（五摂家が無《の》うなるかもしれん）

前久はおびえた。

平安以来、関白はこの五摂家から出すというのが、この国のしきたりというものである。

その先祖代々守られてきたしきたりを踏みにじられることは耐え難い。

いつの間にか、前久の中で、信長へのおびえが憎しみに取って代わりつつあった。

不思議なことだった。

信長は猛虎である。

これまで逆らうことなど考えたこともなかった。

あやつってやろうと考えたことはないでもない。が、それは早々とあきらめざるを得なかった。信長はそんな甘い男ではなかったからだ。

あやつれないとあれば、従うしかない。

反抗心さえ捨てれば、信長は付き合って利益のある男だった。

長い戦乱の間、途絶えていた収入を復活させてくれたり、御所《ごしょ》を修復したり、いろいろな幸いをもたらしてくれた。

もし信長が帝の退位問題に口など出さなければ、このまま良好な関係を保っていけたかもしれぬ。

だが、それももう終わりだった。

(信長を何とかせねば)

公家という人種は不思議なものだ。

ほんのわずかの血を見るだけで震え上がるくせに、伝統を守るという一事に関しては、とてつもなく勇気をふるいおこせるのである。


仁礼はエミリーと共に安土神学校にいた。

神学校での生活は悪くない。

しかし、問題はこれからどうするか、ということだ。

本能寺の変は、あと半年後にせまっている。

その変を阻止しようとしている時の紊乱者《びんらんしゃ》桜木伊織――その伊織の行動を阻止しなければならない。

言うは易《やす》く行なうは難かった。

伊織はすでにこの時代に確固たる地盤を持ち、活動の拠点も資金もある。協力者もいる。

しかし、仁礼たちはいまのところ、この神学校の居候《いそうろう》の状態である。

金もなければ動きも取れない。

しかも、武器も通信機もない。

「どうすれば、いい？」

仁礼はエミリーに問うた。

情けない話だが、取りあえず何をしていいか、わからないのである。

「私も、いろいろ考えたわ」

エミリーはすでに心が定まっていた。

「――伊織を捕まえましょう」

「えっ」

意外な言葉に、仁礼はエミリーをまじまじと見つめた。エミリーの方も意外そうに、

「これが一番簡単でしょう？　時を狂わせているのは伊織なのだから、伊織の動きさえ止めてしまえば問題はないはずでしょう」

「そうか――」

仁礼は目から鱗《うろこ》が落ちる思いだった。

歴史のプログラムを正常に戻す、そのためには信長暗殺の真相を解明し、その真相通りに事が運ぶように工作すればいいと考えていた。

しかし、それは著しく困難な道でもある。

二人は漂流者のようなものだ。

この時代に何の地盤もなく、装備のすべてを失ってしまっている。

査察員として、まともな活動をするのが困難な状態だ。

（なるほど、それは名案だ）

それさえすれば、事件の真相を突き止める必要すらない。

「簡単すぎて気がつかなかったんだな」

「そうよ」

　エミリーは微笑した。

「どうやって捕らえる？」

「彼の行動を見張るのよ。そして隠れ家を突き止めて――」

「捕まえるか、そして、どうする？」

「どうするって？」

　エミリーはけげんな顔をした。

「まさか殺すわけにもいかないだろう。となると、どこかへ監禁しておかねばならなくなる」

「あっ、そうか」

「そのことは考えなかったのか」

「そうよね、未来へは護送できないのだから」

　エミリーは困惑の表情である。

　殺してしまうのなら話は簡単だが、まさかそうもいかない。どこかへ拘置《こうち》しておかねばならないが、未来へ帰る手段を失ったいま、この時代でそれをするしかない。

　しかし、そんなことをする力はまったくないのである。

「――待てよ、奴のタイムマシンがあるだろう。少なくとも未来と連絡を取れる装置があるはずだ。それを奪えばいい」

「それならいいわね」

「だろう？　となると、問題は伊織の本拠をどうやって突き止めるかだな」

「尾行するしかないわね」

「奴はまだ天王寺屋にいるのか？」

「いるはずだわ」

「じゃ、毎日、天王寺屋を見張るしかないな。そして、奴が出てきたら、どこへ行くか尾行する」

「京へ戻るかもしれないわよ。路銀《ろぎん》はどうするの？」

「神父に借りるさ。君は取りあえずここへ残るんだ」

「どうして？　私も行きたい」

「君と一緒じゃ目立ちすぎるよ」

仁礼は苦笑した。

栗色の髪に青味がかった瞳は、神学校ならともかく、街道では人目に立つ。

「本拠を突き止めたら、すぐに戻ってくるから、君はそれまで薬を売って換金する仕事を確立しておいてくれ」

「わかった、そうする。でも、本拠を突き止めたら必ず戻ってきてね」

エミリーは心配そうに言った。

桜木伊織は、天王寺屋で公家の久我《くが》公正に会っていた。

久我は高級の公家で、伊織は前々からこの男を金で買って協力者に仕立てていた。

久我は、ひょろりと背の高い、青びょうたんのような貧相な体つきの男である。ただ、見かけによらず情報収集能力があり、その点を伊織は高く評価している。

久我は中納言《ちゅうなごん》である。

「中納言殿、信長公は近衛卿に何を依頼したのかな」

伊織の無遠慮な物言いに、久我はぴくりと眉をふるわせた。

「——すでにお耳に入っているようでおじゃるな」

「中納言殿」

と、伊織はべっとりとぬめりのある言葉遣いで、

「拙者は中納言殿に物を教えてもらいたいからこそ、いろいろと便宜《べんぎ》を計ってお

るのでござる。お忘れなく」

久我は一瞬不快な顔をしたが、すぐにそれを笑みで消して、

「これは失礼した。では申し上げよう。前右府殿は近衛卿に主上が御退位するように、お勧め申し上げたとのことじゃな」

前右府とは前右大臣、信長のことである。

信長がこれまでに受けた最高の官位は右大臣だった。

その右大臣を、信長は少しの間つとめただけで、さっさと辞めてしまった。

これは朝廷には大きな衝撃だった。

まがりなりにも現職の右大臣なら、それは朝廷の身分秩序を認め、その中に身を置いているといえる。だが、それを辞めてしまった以上、信長は朝廷の手の届かないところへ行ってしまったともいえるのだった。

それではまったく不安なので、公家たちは信長のことを「前右府」と呼びたがる。そう呼ぶことによって、言葉の上だけでも信長を朝廷秩序の中に取りこみ、安心しようとしているのである。

そんな心理は伊織にとって斟酌《しんしゃく》する必要のないものである。

「信長公のお言葉は、さぞかし近衛卿のご機嫌を損じたでしょうな」

伊織の言葉に、久我は扇で口元を隠して笑うと、言った。

「まことに、左様でおじゃる」

「それで、朝廷はどのように？」

「どのようにとは？　ご退位のことか？」

「左様」

伊織はうなずいた。

久我は笑って、

「言うまでもない。主上のご進退は主上ご自身がお決めになること。われわれ臣下の口出すことではござりませぬ」

「では、信長公は、さぞかし僭上者《せんじょうもの》よと、非難されたでしょうな」

久我は無言だった。

しかし、その目は伊織の言葉を肯定していた。

「では、ひょっとしたら、信長公討つべしとの論も起こったのではありませぬか」

「これこれ、滅多なことを申すでない」

久我はあわてて言った。

しかし、その狼狽《ろうばい》ぶりから、伊織は確かにこの論が存在したことを嗅《か》ぎ取った。

「その急先鋒はどなたでござる?」

伊織が知りたいのはそこだった。

それは、後世の歴史書にも記載されていない。

「さて――」

久我は言葉を濁した。

重大な機密事項だ。

しかも下手に漏らせば、漏らした公家たちの命にもかかわる。

あの比叡山焼き討ちまでした信長が、そんな論者を許すはずがない。

「ぜひ、その名をお教え下され」

伊織は珍しく頭を下げた。

だが、久我は冷ややかに言った。

「できませぬな」

「なぜ、できませぬか?」

「知れたこと。左様なことは話すことではない」

しゃあしゃあと久我は言った。

伊織は刀を取った。

「何、何をする」

久我が逃げ出そうとした時、伊織はすでに刀を抜いて、その白刃を久我の喉首に当てていた。

ひいーっという悲鳴が久我の喉から漏れた。

「さあ、お話し下され。さもなくば、この喉をきれいに切り裂いてご覧にいれる」

「待て、早まるでない」

「さあ、お早く」

伊織は脅した。

久我は蒼白になって、

「──山科権中納言《やましなごんの》じゃ」

と、ついにその名を吐いた。

(山科？)

伊織は驚いた。

それは信長と最も親しいとされる公家、山科言経《ときつね》のことだろうか。

山科言経は京の邸で、今井宗久《そうきゅう》と会っていた。

宗久は堺商人の元締めとも言うべき存在で、日本の金の動きはこの男を中心に回っていると言われるほどの存在である。

「信長め、思い上がりが過ぎる」

奥の座敷で、二人きりになって対座した時、言経はそう漏らした。

宗久は驚いた。

山科家と信長の織田家とは深い関係がある。

そもそも信長の亡父信秀《のぶひで》が言経らを尾張に招待したことから、両家の付き合いは始まった。

信秀は都の文化に限りない憧れを抱いており、その憧れを満たすため京から言経らを招いたのである。

一行は大歓迎を受け、多大の贈り物を受けて、信秀には連歌《れんが》や蹴鞠《けまり》の奥義を伝授した。

それ以来、信秀は京の御所や伊勢の新宮の修復に、何千貫文という多額の寄付をするようになった。

自分の領土でもなく、天下の支配者でもないのに、これほどの金を惜しげもなく投じる。

朝廷が織田家に好意を持ったのも当然だった。

そして、言経は信秀と極めて昵懇《じっこん》だったということで、信長とも親しくなり、いまや朝廷と織田家の連絡調整は、すべて言経が仕切るようになっていた。

その言経が「信長め」と口走ったのである。

宗久の驚きは当然だった。

「――宗どのは、どのようにお考えか」

さりげない口調で言経は言った。

宗久は迷った。

この問いにいかに答えるか、それは堺の今後を左右するかもしれないほどの大事である。

「さて、困りましたな」

その答えは、信長の行動に困惑しているということと、そのことに自分も困惑しているという、両方の意味をかけたつもりだった。

それは言経にもよくわかった。

しかし、それを承知で言経はなお、宗久の心底を知りたいと思った。

「宗どのは、主上に従うのと信長に従うのとでは、どちらが大事とお考えか」

「それは――」

言うまでもないことではないか、と宗久は言いたかった。

帝である。

いかに信長が時の勢いを示したところで、そのようなものはやはり一時のものに過ぎない。

遠く平清盛あり、近くは足利義満あり、力をもって帝をあやつろうとした者はいた。だが最後の勝利を得た者がいただろうか。

そんな者は一人もいなかった。

「では、宗どのは、主上の御味方と考えてよろしいのでござるな」

言経は言った。

念を押す口調である。

「――」

「いかがか」

言経には強い目の光がある。

その光に抗し切れずに宗久はうなずいた。

「よろしゅうござる」

「ならば、お伝えせねばなるまい。主上の思《おぼ》し召しをな」

言経は居ずまいを正した。

「――信長討つべしとの思し召しじゃ」

「まことでござるか」

宗久は目を見張った。

言経は重々しくうなずくと、

「まことのことじゃ」

宗久の体は震えていた。

帝の綸言《りんげん》には逆らえぬ。

それは日《ひ》の本《もと》に生まれた者として当然のことだ。

しかし、あの信長を討たんとすることは、猛虎の前に身を投げ出すようなものである。

（一体、どうすればいいのだ）

宗久は途方に暮れた。

（まず、公家どもの陰謀を探ることだ）

と、伊織は思った。

実のところ、伊織も本能寺の変の真相について詳しい知識を持っているわけではない。

ただ、この時代に潜入して情報を収集するうちに、朝廷と信長が意外なほどに対立していることに気がついた。

実際、それは驚くほど根深い対立なのである。

今上の帝、後に正親町《おおぎまち》天皇と呼ばれた、この帝は、信長と厳しい対立関係にある。

信長は何とかこの天皇を退位させたい。

一方、天皇の方では強く退位を拒んでいる。

信長は正親町帝を退位に追いこみ、誠仁親王を立てて何かをやろうとしている。

その何かについては、まだ見えていない。しかし、それを探り出せば、逆に公家たちが何を恐れているかもわかる。

伊織は京へ向かうことにした。

天王寺屋が用立てた銭十貫文は、とりあえず京で受け取ることにした。

京にも、天王寺屋の出店がある。

「まだしばらく、お休みになったらいかがですか」

天王寺屋吉右衛門はそう言って止めた。

「いや、急ぎの用事があるでな」

もう天正十年が間近にせまっていたのである。

時間局の干渉を阻止するため、天正十年を中心に、外の時間からの侵入を防ぐ防御スクリーンを張る。

いや、スクリーン自体はもう稼働状態に入っている。

問題はそれを長期間カムフラージュするために、設置する施設である。

装置自体はそれほど大きなものではないから持ち運びがきくが、ずっと隠しておける場所というと難しい。

今のところ、それは京の隠れ家に置いてあるが、留守中に泥棒でも入り、もし装置を発見されでもしたら大変なことになる。

伊織は吉右衛門の誘いを断わって外へ出た。

冬の安土は寒い。

伊吹山からの冷たい風「伊吹おろし」に悩まされながら、伊織は京への道をとった。
その伊織を仁礼は尾行していた。
仁礼もこの時を待ちわびていた。
これで四日も毎日、天王寺屋の向かいの商家に頼んで、見張っていたのである。
伊織がいつ出立するのか、まるでわからなかったのだから仕方ない。
(やっと出てきたか)
仁礼は伊織を尾行した。
京まで行くことは見当がついた。
京には本能寺がある。
伊織が活動の拠点を置くとしたら、安土以外には京しかないはずだ。
そのまま半日かけて、伊織は京に入った。
もちろん仁礼もあとに続いている。
逢坂山を越えて京に入った伊織は、東山の方向へ向かっていた。
このあたりはまだ木々が多く、都とは思えないほど豊かな自然がある。
(どこへ行くつもりだ)
仁礼は首をひねった。

伊織の行く方向に人家はない。

困ったのは、ほかに人がいないので、こっそりあとを尾《つ》けるのが段々と難しくなってきたことだった。

伊織はどんどん林の中へ入っていく。

その先にはかなり明るい場所が見えた。

おそらく森が展《ひら》ける形になっているのだろう。

そんなところへ出たら、ますます尾行に気づかれる。

（まずいな）

仁礼は舌打ちしながらもあとを尾けた。

いまさらあと戻りはできない。

思った通り、その先は林が切れてなだらかな草原になっていた。

伊織はその途中まで進み出ると、急に立ち止まった。

仁礼は林の陰に身をひそめた。

突然、伊織は振り返った。

「おい、そこの男、出てこい。何のために拙者を尾けるのだ」

仁礼は身を固くした。

(まずい)

仁礼は舌打ちした。

伊織はこちらをにらんでいる。

このまま逃げるのも難しい。かといって、のこのこ出ていけば伊織に顔を見られる。

いや、それより何より、斬り合いになるかもしれない。

そうなったら勝つ自信はない。

未来の武器はない。

あれば対等以上に戦えるかもしれないが、いまの状態では刀と刀を抜き合わせての、原始的な闘争になる。

伊織の腕前はなかなかのものだ。

あれこれ迷っているうちに、伊織はこちらへ向かって歩いてきた。

(仕方がない)

仁礼は何とか口からでまかせを言って、ごまかそうと決意した。

だが、その時――。

伊織の背後から、武士が現われた。

明らかに野武士とわかる、凶悪な人相の連中である。

「桜木伊織だな」

中央の頭目らしい男が言った。

「ほう、わしの名を知っておるのか」

振り返った伊織は、意外そうに言った。

「そうよ、死んでもらう」

三人は一斉に抜刀した。

「誰に頼まれた？」

伊織は抜刀しながら叫んだ。

だが、相手はそれに答えず、いきなり斬りかかってきた。

「死ね」

伊織はかろうじてこれを受けた。

（どうする？）

仁礼は迷っていた。

このままでは伊織が危ない。

しかし、伊織がここで死んでくれれば、すべて問題は解決する。

（見ていればいい――）

仁礼は思った。

そう、傍観していればいいのだ。

傍観さえしていればすべて問題は解決する。

目の前で起こっていることは、この時代の事件なのである。

この時代の人間が、この時代の人間を殺そうとしているのだ。

黙って見ていればいいのだ。

ところが、理性とは別の衝動が、仁礼の内部で起こった。

目の前で殺されようとしている一人の男がいる。

その男をこのまま放っておいていいのか、という衝動だった。

気がつくと仁礼は刀を抜いて、飛び出していた。

「おのれ、邪魔をする気だな」

野武士の一人が刀を抜いて、かかってきた。

仁礼はこれを受け、結局伊織と共に戦うことになった。

三対二だ。しかし、不利ではなかった。

仁礼の出現で、伊織は敵の頭目との戦いに専念することができた。

それがよかった。

伊織の腕前はかなりのものだ。

頭目を徐々に圧倒し、とうとう肩を大きく斬り割った。

「畜生、ひけ、ひくんだ」

頭目は悲鳴を上げた。

手下の二人は頭目に肩を貸し、そのまま逃げ出した。

伊織はあとは追わずに、そのまま血刀を懐紙《かいし》で拭うと、鞘《さや》に納めた。

「おぬしは何者だ」

伊織は不思議そうに仁礼を見た。

「ああ、それは」

とっさに仁礼は偽名を言った。

「島田、三九郎だ」

「島田氏《うじ》か。先程から、わしを尾けてはいなかったか」

「――――」

「何のために、わしを尾けた？」

「――いや、実は仕事にありつこうと思ってな」

「そうだ、おぬしが羽振りがよいと聞いてな。何か仕事にありつけぬものかと」

「仕事？」

「そんなことを誰に聞いた？」

伊織は不審の目を向けた。

「安土の商人にな」

「安土？　安土の誰だ？」

「近江屋だ。近江屋伝兵衛」

「なるほど、近江屋か」

伊織の目から少し警戒の色が消えた。

仁礼はほっとした。

近江屋を知っていてよかったと思った。

「すると、おぬしはキリシタンか」

伊織は口調をおだやかなものにあらためた。

「そうだ」

「信長公のことをどう思う？」

「それは──、立派な御方だと思う。特にわれわれキリシタンにとっては、なくてはならぬ御方だ」

「そうか」

伊織は微笑して、

「ならば尾いて来い。仕事なら山ほどある」

と、先に立って歩き出した。


西暦二〇九五年、地球連邦時間局はパニック状態に陥っていた。

「タケイ・フレイヤー現象が起こった」

査察官のフジオカは、局員全員を中央のコントロールルームに集めて説明した。

一同は予期していたこととはいえ、衝撃を隠せなかった。

そんな事態は教科書の中でしか有り得ないものだと思っていたのだ。

「言うまでもなく、タケイ・フレイヤー現象、いわゆるT・F現象は今から二十年ほど前、時間航行が現実のものとなった時に、二人の科学者によって予言されていたものだ」

フジオカはこう言って全員を見渡してから、

「だが、正直に言おう。今の今まで私はT・F現象が実際に起こるとは夢にも思っていなかった。あんなことは空理空論だと思っていた。だが、現実に起こったのだ」

フジオカは本音を吐いた。

フジオカだけではない。この時間局に勤務する科学者の中で、一人としてT・F現象が現実に起こると考えていた者はいなかったのだ。

「わかっているとは思うが、T・F現象は、時空体系における一種の『ねじれ現象』である。簡単に言えば、いま二つの過去と未来が並行して存在している」

フジオカはそこで言葉を切って全員の反応を確かめた。

一同は緊張した表情でフジオカを見守っている。

フジオカは満足して続けた。

「無論、これは紊乱者の仕業だ。紊乱者が時間に対して致命的な介入をした。その結果、二つの時間が存在している。一つは、われわれの所属する時間であり、もう一つは紊乱者の介入によって生じた別の時間だ。いまこの二つの時間は、ちょうど二本のよじれたヒモのように、からみ合って併存している。しかし、T・F現象を予言したタケイ、フレイヤー両博士によれば、この併存状態は発生より絶対時間K日経過後に、一つに収束する。収束するというのは、二つが混ざり合って一つになるということではない。一方が他方を完全に圧して、消滅させるということだ。そこで、われわれはこの期限が過ぎるまでに、何らかの対策を講じなくてはならない。そうしなければ破滅だ。――ここまでで、何か質問があるか？」

若い局員が手を挙げた。

「結局、われわれの世界の方が優位であり、紊乱者の活動によって生まれた世界の方が消滅するのではないですか？」

「それは、極めて楽観的な見方だ」

フジオカはまずそう言って、全員に、

「よく認識してくれたまえ。これは人類史上未《み》曾《ぞう》有の事態だ、ということだ。だから、どうなるかわからん。タケイ博士らも、この現象の終期に、どちらの世界が勝つのか、そのことについては何も述べていない。いや、わからんのだ。だから、ここではっきり言っておくが、われわれの方が負けることもありうる。われわれが負けるということは、今ここにいるすべての人間と文化が消滅するということだ」

「絶対時間の期限はあとどれくらいあるんです？」

別の男が質問した。

「いい質問だ。この現象が起こったのは地球時間で十二時間前だ。多少の誤差はあるが、計算すると、われわれに残された時間はあと三日と十一時間十七分、それに――」

と、フジオカは時計を見て、

「五十三秒だ。もちろんこれはタケイ博士らの計算が正しかったとしてで、もっと早くなることもある」

「それで、われわれは何をすればいいんです？」

「それをこれから考えるんだ！」

フジオカは思わず大声を出した。

実際のところ、どうしていいかわからない。

時間局の装置は、時空転移装置も探査装置もすべておかしくなっていた。

磁気嵐でも、こんなひどい状態にはならない。

つまるところ、二つの時間が発生したからだろう。探査装置を働かせても、通常の過去とそれとはまったく異なる過去が、スクリーンに映し出されるのだ。

仮に、査察員を派遣しようとしても、今の状態では、どちらの過去へ着くのかわかったものではない。

もし、別の過去に着いたら、その過去が消滅した瞬間、その人間も消えてしまう恐れがある。だからうっかり人も送れない。

もっとも、消滅するのがこちらの世界だったら、送った結果、その査察員だけが命が助かるということも考えられる。

(冗談じゃない)

フジオカは思った。

T・F現象についての予言が、これまであまり評価されていなかったのも、その予言があまりにも大胆なものだったからだ。

紊乱者が少し歴史をいじるだけで、いまある世界が消滅してしまうとは——、だが、可能性としては考えられないでもなかった。

時の紊乱者が、たとえばイエスや釈迦《しゃか》やマホメットを殺したら、世界は大きく変わるだろう。

ただ、それはどう変わるのか？　ただちに変わるのか？　それがはっきりしていなかった。はっきりさせたのはタケイ、フレイヤー両博士である。ただ、それは教科書の片隅に載せられていたに過ぎなかった。

それがいま、正しいことが証明されたのである。地球文明最大の危機の中で。

しかし、局員たちは今ひとつ事態の深刻さがのみこめていないようだった。

それも無理はない。

この世界があと数日後に消滅するかもしれないなどと、誰が信じられるだろうか。

現実の身のまわりでは、嵐が起きているわけでもない、空が燃えているわけでもない。

世界はそのままの状態で動いている。

一見そのように見える。

だが、そうではないことを、フジオカは示さねばならなかった。

「諸君、先程、録画した映像がある。われわれとは違う歴史が、一五〇〇年代の一点で始まり、その影響が徐々に拡大していることを示す映像だ。中央のスクリーンを見たまえ」

突然スクリーンに大海原が映し出された。

その両端に、それぞれ大型の帆船が十数隻いる。

一方は、ヨーロッパ系のガレオン船だった。

それぞれ大砲を数門搭載している。

だが、もう一方は見たこともない船だった。

鉄板で装甲され、両舷からは幾挺《ちょう》もの艪《ろ》が突き出している。

帆もあるが、それは和風の一枚帆である。

大砲は甲板にある。その甲板にある船室は、まるで城のようである。

「一五九二年、フィリピン沖だ」

フジオカは画面の説明をした。

「当時、ルソンと呼ばれたフィリピンの領有とあたりの制海権をめぐって、イスパニア艦隊と、日本艦隊が激突しているのだ」

画面では戦闘がいままさに始まろうとしているところだった。

「われわれの歴史ではこんな事実はない。一五九二年といえば、全国統一を果たした豊臣秀吉が、朝鮮半島の侵略に乗り出した年だ。それが、ここではまったく別のことが起こっている。秀吉のものとは比べものにならないほど高度に完成された戦艦群がイスパニアの艦隊と対決しているのだ。――これほど歴史が狂っている」

フジオカは全員に向かって、その理由をはっきりと述べた。

「――それもこれも、オダ・ノブナガが本能寺で死ななかったためだ」

第五章　フィリピン沖海戦

織田鉄甲艦隊の指揮を執《と》るのは、九鬼嘉隆《くきよしたか》であった。

鉄甲船は全部で十隻いる。

母港である鹿児島港を出航して数十日、琉球に寄港して装備を整えたあと、呂栄に向かった。

すでに、信長は呂栄総督に対して、イスパニア勢力の退去を求めていた。当然、イスパニア側ではこれを拒否した。

そこで日本艦隊とイスパニア艦隊の対決が行なわれることになった。

この海戦に勝った方が、呂栄を握る。それは南太平洋の支配権を手に入れることでもある。

（絶対に勝つ）

九鬼は確信していた。

根拠のないことではない。

織田家では、この鉄甲船を建造するにあたって、イスパニアや中国の船の長所や弱点を詳細に調べた。

そして、その結果を盛りこんで、この新戦艦を建造したのである。

一方、敵のイスパニア側はそんなことはまったく知らないはずだ。

イスパニア船の長所は、その軽快な運動能力と、大砲に象徴される火器の充実である。

鉄甲船はこれに比べて運動能力が劣った。

イスパニア船は大小の数多い帆を使って、巨体ながら小刻みに動く。動いて敵の死角に入りこみ、集中砲火を浴びせる。

正直言って、敵のスピードにはかなわない。

ところが、鉄甲船にはイスパニア船をはるかに上回る防御能力と、火力があった。

何しろ鉄の装甲をほどこしてある。こんな船は世界中どこを探してもなかった。

これは信長の独創的アイデアである。

だから少々の砲撃にはびくともしない。敵の砲撃に耐えて、こちらからは充分な砲撃を浴びせれば絶対に勝つ。

つまり、接近戦なら負けるはずがないということだ。

問題はどうやったら接近戦に持ちこめるかということだった。

敵がこちらを恐れて逃げ回る限り、皮肉なことに手の打ちようがない。

それを防ぐために、信長は手を打った。あらかじめ呂栄総督に書状を送って、全面降服を要求したのである。

誇り高く、神の使徒を自認するイスパニア人が、それを受け入れるはずがないことを見越しての挑発だった。

果たして、敵はその手に乗った。

来襲する日本艦隊を待ち伏せするつもりで、このあたりの全艦を一か所に集めたのだ。

まさに信長の思うつぼだった。

九鬼は敵の姿が見えると、徐々に速度を落とし、敵に自由をな動きを許した。

イスパニア艦隊は、たかが日本の船と侮《あなど》って、大胆に接近して有利な位置を占めようとするに違いなかった。

だが、そもそも「有利」な位置を占めなければならないというのが、イスパニア艦隊の弱点なのだ。

日本艦隊はそんなことを気にする必要はない。鉄甲船は前後左右どこからでも大砲を射つことができる。しかも左右両舷からは、何十挺と装備した鉄砲を射つこともできるのである。

イスパニア船は、まんまとその罠にはまった。

九鬼は充分に引き付けてから、命令を発した。

「大砲、放《はな》てーっ」

イスパニア船は、十五隻いた。日本船より五隻多い。

そのため中央にいた九鬼の船、旗艦日本丸は、三隻のイスパニア船に囲まれた。

まず旗艦を沈めて、日本側の戦意をくじくつもりなのである。

そこが狙いだった。

九鬼はイスパニア船が大砲を射つ前に、先に射った。

どおーん、という音とともに敵の船の横腹にたちまち大きな穴があいた。

イスパニア艦隊は、それでも日本艦隊の実力を侮っていた。

大砲を射ちこむべく、日本丸に肉薄した。

「放て、全弾射て」

あっという間に、数門の大砲が火を噴き、銃弾が雨あられとイスパニア船に集中した。
艦隊の指揮官が事態に気がついた時は遅かった。
すでに七隻が航行不能の状態の打撃を受け、あと五隻も大破していた。
「全艦、引き揚げろーっ」
イスパニア艦隊の指揮官は命じた。
逃げ足だけは敵の方が速い。
結局、日本艦隊は敵十五隻のうち十三隻を沈め、あと二隻だけ取り逃がした。
それに対して日本艦隊はまるで無傷だった。
一隻の船も失わず、それどころか修復が必要なものすらなかった。
世界海戦史上、前代未聞の大勝利。
(これで、殿下もお喜びであろう)
九鬼は、はるか洛陽にいる太閤信長のことを思い浮かべていた。
「ここがわしの隠れ家だ、まあ入れ」
伊織は言った。

それは山奥にぽつんと立った炭焼き小屋である。

「三九郎と言ったな。まあ座れ」

小屋の中には、家具らしい家具は何もなかった。

囲炉裏《いろり》の奥に座った伊織は、仁礼に向かいの席を勧めた。

「先程は世話になったな」

「あれは何者です？」

仁礼は聞きたくてたまらなかったことを口にした。

「さあな、わしにもわからん」

伊織は首を横に振って、

「確かに命を狙われる心当たりはないでもない。だが、どうして、ああ手回しよく、わしを待ち伏せることができたか。それがどうにもな」

「心当たりとは？」

「さあ、そこだ」

と、伊織は座り直して、

「おぬしは信用できる男と見た。だから、打ち明けるが、実は信長公を討たんとする企みがある」

「信長公を?」

仁礼は事の成り行き上、驚いてみせた。

そうでもしなければ、かえって疑われる。

伊織はうなずいて、

「その通り。その企みを、打ち破るのが、わしの使命よ」

「では、あなた様は織田家の御家中《ごかちゅう》で?」

そうではないことは百も承知だったが、仁礼はあえて聞いた。

「いや、違う」

伊織は首を左右に振った。

仁礼が首を傾《かし》げてみせると、伊織は笑って、

「わしは家中ではない。だが、そんなことはどうでもよい。われらは信長公に万一のことがあってはならぬと思うておる、それは違いあるまい?」

「それは、そうだが――」

「ならば、下らぬことは考えるな。われらの考えることはただ一つ、信長公の御命をいかにして守るか、ということだ」

「どうやって守るのですか?」

「信長公の御命を狙っている者の正体を探り出し、その者をな――」

と、伊織は刀の柄《つか》に手をかけて、意味ありげに笑ってみせた。

仁礼は生唾《なまつば》を飲みこんで、

「――その正体はわかっているのですか？」

「確証があるとは言い切れぬ」

伊織はまずそう言い、声をひそめて、

「だが、心当たりはあると申したはずだ」

「それは一体？」

「うん、これは大事中の大事だ、耳を貸せ」

「はい」

仁礼は体を伊織のそばに寄せた。

伊織がその人物の名を耳打ちしようとした、まさにその時、小屋の外で落ち葉を踏みしめるような音がした。

伊織は体をぴくりと震わせ、音を立てぬよう立ち上がった。

そして姿勢を低くしてから、窓の半蔀《はじとみ》を少し上げて、外を見た。

とたんに、伊織の顔色が変わった。

「どうしました？」

「しっ、囲まれたようだ」

仁礼は驚いて立ち上がった。

その時、ぐさっぐさっと嫌な音があちこちで響いた。

それとともに物の焦げる臭いがした。

「火矢を射《い》こまれたぞ」

伊織の顔は蒼白になっていた。

小屋の中は炎に包まれた。

仁礼はあわてた。このままでは焼け死ぬ。

刀を取って立ち上がろうとする仁礼を伊織は止めた。

「やめろ」

伊織は顔色は悪いが、落ち着いていた。

「しかし――」

仁礼は抗議の目を向けた。

このままでは焼け死ぬ。

「飛び出せば、矢のえじきだ。鉄砲もあるかもしれぬ」

「では、このまま座して死を待て、と」

「いや、奥の手がある」

伊織はそのまま囲炉裏の隅を押した。

すると、驚いたことに囲炉裏の中心部が下へ沈むように降りていくではないか。

仁礼は目を見張った。

人間の背丈ほど降りた囲炉裏は、そのまま横へスライドして、今度は下へ続く階段が現われた。

「わしに続け」

伊織は刀を取って、素早く階段を降りた。

仁礼もあとに続いた。

仁礼が下へ降りると、入口は自動的に閉じた。

仁礼は、にわかに点灯されたライトのまぶしさに、目を細めながら、あたりを見回した。

そこは、上の炭焼き小屋より広い、全面タイル張りの地下室だった。

そこには、様々な未来の装置が置かれてあった。

中央の工作台の上にある、半ば完成した装置に、仁礼の目は釘付けになった。

（時空転移防御スクリーン発生装置！）

仁礼の体は震えた。

おびえたのではない、武者震いである。

「どうだ、肝《きも》をつぶしただろう」

伊織は、仁礼の反応を見て、面白そうに言った。

「ああ、驚いた」

かすれた声で仁礼は言った。

まさか、スクリーンを見て驚いたとは言えない。

戦国時代の人間が〝見たこともない〟装置を見て驚いた、という形に思わせなければならない。

それは成功した。

というより、伊織は幸いにも頭からそう思いこんでくれた。

「――これは一体何だ？」

仁礼は、それが何だか百も承知ながら聞いた。

「おぬしに説明してもわかるまい」

と、伊織は優越感に満ちた笑いを浮かべた。

「まあ、南蛮の最新のからくりと申しておこうか」

（ここで、伊織を倒し、この装置を完全に破壊すれば、任務は終わる）

仁礼はそのことに気づいた。

仁礼の任務がもともとうまくいかなかったのも、このスクリーンのせいである。

天正十年に張り巡らされたスクリーンのため、仁礼ははじき飛ばされ記憶も失ってしまった。

時間局からの支援がないので、時の紊乱者《びんらんしゃ》としての伊織の陰謀が着々とうまくいっているのも、すべてこのスクリーンのせいだ。

その発生装置が目の前にある。しかも未完成の状態で。

（破壊するか）

仁礼は生唾を飲みこんだ。

それとも伊織を倒すのが先だろうか。

倒すといっても殺す必要はない。

単に身柄を拘束すればいいのだ。

いま伊織は油断している。

仁礼が時間局の査察員だとは、夢にも思っていないようだ。

仁礼は素早く段取りを決めた。

まず伊織を倒す。

背後から一撃を浴びせ、昏倒《こんとう》させる。

その上で、装置を完全に破壊する。

ここにある装置を使えば、時間局に連絡することも不可能ではない。

仁礼は息を詰めて、伊織の背後に近づいた。

伊織が次にひと言しゃべらなければ、仁礼は予定通り動いていただろう。

「ここにあるのは、ほんの一部だ」

伊織は突然言った。

「えっ？」

仁礼は虚を衝《つ》かれた。

「わからぬか、このような秘密の隠れ家を、わしはあと二つほど持っている」

「そこにも、このような、からくりがあるのか？」

仁礼はかすれた声で聞いた。

もし、そうなら、伊織を倒すことは思いとどまらねばならない。

「ああ、そうだ」

伊織はあっさりと認めた。

仁礼は失望した。

もしかすると、スクリーンはほかにもあるのかもしれない。だとすると、ここで伊織を倒してもほかのスクリーンが稼働する恐れがある。

（一体、ほかの隠れ家では、スクリーンが動いているのか、いないのか）

それが一番知りたい情報だった。

あと少しで天正十年が始まる。

スクリーンは十年への侵入を阻止している。もっとも、それは時空転移による侵入のみである。仁礼のように天正九年に着地した者は、黙っていても時の流れに押し出され十年に入ることはできる。

しかし、それでは応援は呼べない。

時間局でも、天正九年に着地して十年に入るという手段に気づいてくれればいいのだが、いまのところその気配はない。

（どうやら、しばらく様子を見るほかはなさそうだな）

仁礼は方針を変えた。

「上はどうやらおさまったようだな」

天井を見上げて伊織はつぶやいた。

「小屋は？」

頭上にも敵がいる。

仁礼はとりあえずそのことを考えることにした。

「焼け落ちただろう。今頃は、われらの死体を探しているはずだ」

「ここまで降りて来ぬか」

「心配あるまい。この入口には気づくまいて――」

伊織は部屋の隅にある監視装置に近づいてスイッチを入れた。

地上の風景が映し出された。

「こ、これは」

仁礼は驚いてあとずさりした。

いや、驚いたふりをした。

モニター画面など何度も見たことがあると気づかれたら、身元がばれる。

伊織はその芝居にだまされた。

スクリーン上には、数人の侍が小屋の焼け跡を捜索している姿が映っていた。

ざわめきも聞こえる。

『探せ、どこかにいるはずだ』

泡を食ったような男の声がした。

「あ、あれは、先程の」

先程、伊織を襲った三人組の頭目だった。

今度は手下を大勢連れてきたらしい。

「懲《こ》りぬ奴め」

伊織は憎々しげに、

「斬ってやればよかったな。いや、むしろこの方がよいか」

と、操作盤の上のつまみをいじった。

スクリーン上に照準が現われ、それは頭目の男に向かって固定された。

「何をする?」

「まあ、見ておれ」

伊織はスイッチを押した。

発射されたのはレーザーではなかった。

（放射性物質か）

仁礼は伊織の狙いを察した。

特定の人物に弱い放射線を浴びせると、その行動を特殊レーダーで追跡できるのである。

頭目のあとを尾行して、黒幕を突き止めるのが伊織の狙いだと、仁礼は気がついたのである。

「どうした、何をしたのか聞かぬのか？」

伊織が不思議そうに言ったので、仁礼はあわてて、「何をした？」とたずねた。

「ふん、目には見えなかっただろうがな」

伊織は鼻で笑って、

「これで、奴の出入り先が突き止められる。願ってもないことだ」

「どうやって？」

もちろん知っているが、仁礼はあえて聞いた。

「――そうさな、まあ匂いをつけると言っておこうか」

「匂い？」

「左様、あとは鼻のきく犬にあとを追わせる。それで行く先がわかる」

伊織は会心の笑みを浮かべていた。

ねじれ現象はさらに進んでいた。

いわゆるT・F現象による「時のねじれ」である。

すでに、二つの巨大な時空体系が存在していた。

その相互のせめぎ合いは、あと数日で終わる。

だが、その時、何が起こるかは、二〇九五年の時間局の局員にもわからなかった。

どちらかの世界が消えるのである。

しかし、消えるとはどういうことなのか。

「2039はどうした？」

査察官のフジオカは、ここ数時間何回も繰り返したセリフをもう一回口にした。

2039が派遣先で「仁礼三九郎」などと呼ばれていることも、フジオカは把握していなかった。

この未曾有《みぞう》の事態に、最も重要な任務を帯びて潜入した査察員から、何の連絡もないのである。

（2039が事故にあったとしても、4062からも連絡がないのは、どういうわけだ）

エミリーである。

フジオカは、天正十年に起こった異常事態を処理すべく、二人の腕利きを送った。

ところが、その二人から何の連絡もないうちに、「時のねじれ」は修復不可能なところまでいってしまったのである。

この人類の危機に、どう対処すべきか。

フジオカは悩んでいた。

ひょっとすると、このまま放っておいていいのかもしれない。

放っておけば、T・F現象の期間が終了したあとに、時間は元通り正常に動き出すかもしれない。

しかし、そうなるという保証はどこにもない。

フジオカの所属する時空体系の方が、新しくできた体系に「負ける」こともありうる。

紊乱者の活動によって二つの時空体系が併存状態になった。

そのどちらが勝つか、いまのところは何の理論もない。

まったく未知の分野なのである。

「査察官、連邦大統領よりお電話です」

部下の声が聞こえた。

「そうか」

フジオカは手近のスクリーンのスイッチを入れた。

顔に深く皺《しわ》を刻んだ地球連邦大統領の顔が浮かんだ。

「閣下」

「査察官、何か進展はあったかな」

大統領はスクリーンの向こうで身を乗り出していた。

「いえ、何もありません」

「ないのか」

がっくりと肩を落とすのが、フジオカにもわかった。

「何か打つ手はないのかね。局員を問題の場所へ総動員するとか」

「お言葉ですが、前回もご報告した通り、いま時空転移装置は正確に作動しません。この状態で局員を過去に送ろうとしても、どこへ着くかは、まったくわからないのです」

フジオカは言った。

「それは、T・F現象の影響かね」

「そうだと考えられます。残念ながら、われわれはこの現象に対して正確なデータは持っていません。あくまで理論に基づく推測です」

「理論か、くそ、まったく何てことだ」

大統領は天に向かって嘆息して、

「そんなことが私の在任中に起こるとは、夢にも思わなかったよ。まさか、私の任期中に地球人類全体の最大の危機がおとずれようとは」

「申しわけありません」

「君が謝ることはない。誰にも予測できなかったのだから。しかし、打つ手がないのは、つらいな」

「いまからは何もできませんが、望みはあります」

「望み」

「査察員2039と4062です。この二人が紊乱者の活動を封じれば、事態は元の状態に戻るかもしれません」

「しかし、その二人は消息不明なのだろう」

「はい、いまのところは。でも、私は彼らを信じています」

信じているというよりも、信じたいというのが本音だった。

大統領はそれを聞いて、ほんの少し安堵《あんど》の表情を浮かべた。

「何かあったら必ず連絡してくれたまえ」

「わかりました」

スクリーンから大統領の顔が消えた。

フジオカは、管制室を呼び出した。

「何か変化はあったか」

「時空体系のねじれが、さらに拡大しています」

「そうか」

「先程、また大きな変換点を確認しました。ご覧になりますか？」

「ああ、頼む」

スクリーンに亜熱帯地方らしき風景が映し出された。

東南アジアのようだ。

そこに日本風の城が建っていた。

巨城である。しかも、周囲には城下町ができて、繁栄している。

「これは一体何だ？」

「日本の、新しい都です」

部下の声が説明した。

「都だと？」

フジオカは思わず叫んだ。

「はい」

部下の冷静な声がした。

「しかし、ここは東南アジアだろう」

「はい、インドネシアです」

「そこに、日本の首都がある？」

「はい、どうやら、ここへ遷都しています」

「誰がそんなことをした」

「オダ・ノブナガです」

「ノブナガ」

フジオカは絶句した。

ノブナガという人物が『余計な』人生を生きているために、こんなことになったのだ。

（まったく、とんでもない男だ）

フジオカは心の中で毒づいた。

そして、やや気を取り直すと、聞いた。

「それで、この首都の名は？」

「ノブナガです」

「建都した人間の名じゃない、都市の名を聞いているんだ」

いらいらした口調でフジオカは言った。

「ですから、ノブナガです」

「何だって!?　自分の名をそのままつけたというのか」

「そうです」

フジオカはあんぐりと口をあけた。


仁礼と伊織は、二人を襲った野武士の集団のずいぶん後方を尾《つ》けていた。

何しろレーダーがある。

頭目は、仁礼たちに傷つけられた肩を簡単に布で巻いただけで、元気に動いていた。

（この時代の人間はすごい）

仁礼はあらためて感心した。

あれだけのケガをしたら、普通は寝こんでいるところだ。

だが、頭目は伊織の小屋を焼き討ちし、まんまと逃げられたと悟ると、今度は京の市中に向かった。

伊織はこれを追っていた。

黒幕のところへ行くかもしれない。

そのあとを尾けて、その正体を暴くのだ。

相手には発信機がついているようなものだ。尾行は極めて容易に進んだ。

頭目は配下二人を連れて、市中の小さな寺へ入っていった。

「ここは？」

仁礼は聞いたが、伊織は首を横に振って、

「知らんな。見たこともない。誰の息がかかっているのか」

頭目は入っていくと、配下二人を見張りに残し、本堂の前に立った。

「豪右衛門《ごうえもん》か」

中から声がかかった。

「左様でござる」

有賀《ありが》豪右衛門というのが野武士の頭目の名であった。

「入るがよい。皆様方がお待ちかねだ」

「御意《ぎょい》」

豪右衛門は中に入った。

「ご苦労」

声の主は今井宗久だった。

権中納言山科言経もいる。

また、そのほかにも若い公家衆や僧侶や武士、合わせて七人ほどが狭い本堂の中にいた。

「して、首尾は？」

宗久の問いに、豪右衛門は苦渋の色を浮かべ、

「申しわけござらぬ。取り逃がしました」

「ほう、逃がしたか」

宗久は、冷たい視線を豪右衛門の肩に走らせた。

豪右衛門は思わずその傷を押さえた。

「そなたほどの男を手負わせたうえに、まんまと逃げおおせるとは、桜木伊織とやら、なかなかやるな」

「面目もござらぬ」

「やはり、あの男、ただのねずみではなかった。早く始末をした方がよい」

「わかりませぬ」

と、一座の若い公家が言った。

「織田家の家臣でもない、ただの素浪人。何故、これほどまでに恐れられるのか。そもそも伊織とは何者でござる」

「ご不審はごもっとも」

宗久は答えて、

「だが、あの者、われらの企《くわだ》てに気づいておるふしがござる。しかも、何やら、未来を見通す千里眼を持っているとか」

「千里眼とな、馬鹿馬鹿しい」

別の武士が一笑に付した。

「今井殿は、まことにそのようなものを信じておられるのでござるか」

「信じてはおりませぬ」

宗久はまずそう言って、

「されど、あの男がたびたび神のような見通しを見せたことは、まぎれもないことでござる。しかも、あの御方を守ろうとしておることも、まぎれもない」

「守る？　一人でか」

誰かが言うと、一同がどっと笑った。

宗久だけはまじめな顔で、

「お忘れなく。われらが企て、もしあの御方の耳に入らば、たちまち瓦解《がかい》致します。そうなれば、われらや、われらの妻子にどのような不幸が降りかかるか、皆様よくご承知のはず――」

一同の笑顔が凍りついた。

信長は自分に逆らう者は容赦《ようしゃ》しない。

反旗をひるがえせば、一族郎党皆殺しにあう。

「この企ては、慎重の上にも慎重に行なわねばなりませぬ。あらためてこのこと、ご一同の胸に刻んでおかれたい」

宗久はそう言うと、今度は豪右衛門に向かって、

「そういうことだ。ご苦労だが、また戻って、あの者を始末してくれ。首を持っ

てくれば金五十枚つかわそう」

「五十枚！」

豪右衛門は仰天した。

人一人を殺す報酬としては破格、いや法外だ。

しかも、相手はただの素浪人なのである。

「かしこまりました。必ず」

豪右衛門は、新たな獲物を見つけた猟犬のように、喜んで本堂を出ていった。

「さて、御一同」

宗久は居ずまいを正すと、

「きょうお集まり願ったのはほかでもない。実はようやく目処《めど》がつきましてな」

「目処と申されると」

若い公家が言った。

「手立てができたのでござる。これまでは、どう片をつけるか、決まっておらなんだ。だが、ここで初めて手立てができたのでござる」

「それは、信長をいかにして討つかということでござるか」

「しっ、お声が」

と、宗久は口の先に人差し指を立てて、

「あの御方と申しましょう。壁に耳ありでござる。あの御方と申されませ」

「──されば、あの御方を始末する手立てが成ったと、今井殿は申されるのだな」

「左様」

「どういう手立てを？」

それは全員がぜひとも知りたいことだったのだが、一座の中で山科権中納言だけは、すでにその内容を知っている。

いや、知っているのは当然だ。

なぜなら、その手立ては今井宗久と山科言経が二人で考え出したものだからである。

「まず、われらの捨て石となってもらわねばならぬお人がおる」

宗久がそれを言った。

一同は固唾《かたず》をのんで次の言葉を待った。

「それは──」

と、宗久は一同にとって意外な人物の名を口にした。

「三河殿《みかわどの》じゃ」

宗久がその名を漏らすと、一同から驚きの声があがった。

三河殿、遠江《とおとうみ》・三河の太守徳川家康《とくがわいえやす》のことだ。

家康は、信長の良き同盟者として、二十年近く戦ってきた。その篤《あつ》い信頼関係は、この乱世に珍しいものと、語り草になっている。

その家康が、信長打倒のための捨て石となって働くことなど、一体ありうることなのだろうか。

「いや、ご不審はごもっとも」

しばし間を置いて、宗久は言った。

「あの御仁《ごじん》がわれらの企てのために動くとは、信じられぬのも無理はない」

「一体、いかなる仕儀にておじゃるか」

若い公家が呆れたように叫んだ。

宗久はおもむろに一同を見渡して、

「信長と三河殿の同盟が固いものとは、われらもよく存じており申す。されど、それは武田あってこその同盟。その同盟が来年はおそらく崩れる」

「何故、崩れる?」

別の武士が言った。

宗久はすぐに答えた。

「武田が滅ぶからでござる」

「――――！」

一同は宗久をまじまじと見た。

衰えたといえ武田は、依然として甲斐《かい》・駿河《するが》・信濃《しなの》を領し、その戦力は侮《あなど》り難い。

ただし、質は落ちている。

六年前の天正三年、三河国長篠《ながしの》で、武田軍は信長の鉄砲戦術の前に大敗した。山県昌景《やまがたまさかげ》、馬場《ばば》信房《のぶふさ》、内藤昌豊《ないとうまさとよ》といった歴戦の古強者《ふるつわもの》が、この時戦死した。それればかりではない、武田の武力の要《かなめ》であった騎馬隊が、馬もろとも全滅に近い打撃を受けたのである。

それ以後、武田は劣勢である。

さらによくないことには総大将の勝頼《かつより》が、名誉挽回をあせって無謀な出兵を繰り返している。

このため、武田の領国は重税が課せられ、民衆は怨嗟《えんさ》の声を上げている。税が高いのは、出兵の費用が足りないからだ。しかし、そんな出兵は初めからしなければいいのに、という民の声は抑えがたい。

「今、武田の領国では、早く織田が攻めて来てくれぬかと、一日千秋の思いで待っているそうな」

宗久は言った。

「まことでござるか」

若い公家が目をみはった。

代わって山科言経が答えた。

「まことじゃ。しかも、木曽《きそ》が裏切った。北条も織田につく」

一同は唖然《あぜん》とした。

北条は武蔵《むさし》・相模《さがみ》・伊豆《いず》の三か国を治める大勢力だ。これまで、どちらかと言えば武田家の味方だった。現に、天正元年の信玄の上洛作戦も、背後の北条と同盟が成ったからこそできたのである。

その北条と武田勝頼は、近頃仲違《なかたが》いをしていた。

それは勝頼が悪い。

きっかけは越後上杉家の相続争いだった。

上杉謙信《けんしん》は生涯妻帯せず、養子の景勝《かげかつ》と景虎《かげとら》を残して死んだ。

このうち景虎は北条家の出で、当主氏政《うじまさ》の弟にあたる。

当然のごとく、氏政は勝頼に援助を求めた。勝頼がその求めに応じて兵を出していれば、相続争いは景虎が勝ち、勝頼は上杉・北条の二大勢力と緊密なる友好関係をつくることができただろう。

ところが勝頼は自分の妹が嫁いでいる景勝に味方して景虎を死に追いやったのである。

氏政は激怒して、武田との同盟を絶った。

そういう経緯があることは、誰もが知っていた。

だからといって織田について武田を攻めることは思いもよらなかった。

武田は東西両側から挟み撃ちにあうことになる。

そのうえ、木曾義昌《よしまさ》が裏切るという、この話はさらに深刻だ。

木曾氏は武田と同じ源氏の一族で平安の昔に朝日将軍義仲《よしなか》を出した名家である。

その木曾氏も強大化する武田に膝を屈して、その家来となっていた。先代の信玄の頃は、武田家も木曾氏に何かと気を遣い、一門待遇をしていたという。

その身内同然の木曾氏が裏切るというのだ。

その事実の重大さを全員が認識した頃、言経はさらに舌なめずりするように言った。

「――これは秘中の秘じゃが、もう一人、武田を裏切る者がおる。それはな」

言経はひと呼吸置いて、

「穴山《あなやま》の梅雪《ばいせつ》入道じゃ」

「まさか」

さすがに驚きの声が上がった。

穴山梅雪は穴山姓を名乗っているが、信玄の姉の子であり、現当主の勝頼とは従兄弟《いとこ》同士である。

その近しい一族が裏切るというのか。

「梅雪入道はな、武田の名跡を残すことを条件に、寝返りを承知したのだ。――さすがは信長、侮れぬぞ」

言経は言った。

確かにうまい条件だった。

勝頼は信玄の四男である。正妻の出生ではない。それゆえ、家臣も心服していなかった。梅雪にしてみれば自分の方こそ武田の正統な子孫だという自負がある。

信長はそこにつけこんだのだろう。

勝頼は滅びても、梅雪が武田家を継げばよい、そうもちかけたのである。

信長は謀略の天才だ。

そのことに気づいて、一同はしーんとなった。

その信長を欺《あざむ》いて殺すことが本当にできるのだろうか。

「いや、策士ほど策に溺れるものでな」

言経は余裕をもって言った。

「左様でございましょうか」

若い公家が心配そうに言った。

「案ずるな。三河殿を巻きこむ手は、この宗久殿と練りに練った秘策よ」

「それはどういう？」

「双方を嚙み合わせるのじゃ」

「双方を？　いかにして？」

「それは申したであろう。武田が滅びれば、同盟の意味はなくなる。そこで、信長に三河殿が邪魔になったと思わせるのだ」

言経は自信ありげに言った。

「その上で？」

「左様、その上で、新たな手駒を使って、信長を討つ」

「その新たな手駒とは？」

それまで黙って聞いていた老僧が身を乗り出した。

「豪雲《ごううん》殿、それは今しばらくお待ち下され」

宗久が言った。

「この目の黒いうちに、信長が滅びるのを見たいものじゃ」

豪雲は虚空をにらんで言った。

信長に焼き討ちされ、僧俗合わせて三千人が虐殺された比叡山の、豪雲は生き残りの一人だった。

助かったのはまさに奇跡というほかはない。

そのために豪雲は信長を激しく憎んでいた。

「それは、まろも同じでござる」

言経は言い、一同に向かって、

「そこで、皆さまのご助力をいただきたい。まず初めに為《な》すべきは――」

と、詳細な段取りの説明を始めた。

宗久らの密談の内容は、高性能の盗聴システムによって、伊織の耳にすべて入っていた。

盗聴マイクなど仕掛ける必要はない。

アンテナを数十メートル離れた室内に向けるだけで、その話が手に取るようにわかる。

ただし、耳にイヤホーンをつけているのは伊織だけで、その場にいる仁礼に、密談の内容はわからない。

仁礼はいらいらした。

(一体どんなことを話しているのだ)

信長暗殺計画についての詳細な打ち合わせに違いない。

それなのに、話を聞いているのは伊織だけで、仁礼には何が何だかわからないのだ。

伊織は時おり薄笑いを浮かべ、じっと話に聞き入っていたが、しばらくしてイヤホーンをはずした。

「わかったぞ」

伊織は叫んだ。

「何がわかったのだ？」

仁礼も勢いこんで聞いた。

「どういう手立てで信長公を狙うか、その詳細な手順がな。そうか、そうだったのか――」

伊織は明らかに興奮していた。

「どういうことなのだ。拙者にも教えてくれぬか」

「――まあ、待て」

伊織はひと呼吸おいてから言うと、

「手駒は誰かわかっている。だが背後に黒幕がいる。それを確かめてからでも遅くない」

「黒幕？」

仁礼は首を傾げた。

手駒は明智光秀のことだろうか。山科言経、今井宗久以上の大物が裏に控えているというのか。

「大物だぞ」

伊織はそれのみを言った。

(仁礼は何をしているのかしら)

エミリーは居ても立ってもいられなかった。

安土にいる。

いまのところ、ここを動けない。

エミリーの姿形では、どこへ行っても目立ち過ぎる。

本来、エミリーはこの時代へやってくる予定ではなかった。

誰もが黒い髪で目も黒い日本では、エミリーの活動は制約される。

ところが先発した仁礼三九郎こと2039が、突然連絡を絶ったため、エミリーが急遽《きゆうきよ》派遣された。

そのうちに、外見が完全な日本人のエージェントが派遣される予定だった。

しかし、それはいまだに来ない。

(査察官も査察官だわ、私たちの現在の位置は把握しているはずよ。どうして応援か、せめて連絡を寄こさないの)

エミリーは神学校で薬の製造をやっていた。当面はそうするしかない。

この姿では諜報《ちょうほう》活動など、とてもできない。

「エミリア、浮かない顔をしていますね」

「ああ、神父様」

オルガンチノ神父だった。

オルガンチノはこのセミナリオの事実上の責任者である。

「どうしました、何か、悩み事でも」

オルガンチノは優しく言った。

「いえ、別に」

エミリーは首を左右に振ったが、オルガンチノは笑って、

「ははあ、サンクローのことが心配なのでしょう。彼、どうしました？　姿を見かけませんが」

「用事があって京《みやこ》へ行きました」

「ほう、京へ」

オルガンチノはちょっと考えていたが、表情をあらためると、

「エミリア、これは、ここだけの話にして下さい」

「はい」

エミリーは何事かと神父の顔を見た。

「もし、あなたの夫が、商売その他のことで、ノブナガ様と関係を深くしようとしているなら、それはおやめなさい」

「何ですって？」

エミリーは耳を疑った。

信長はキリスト教を篤く保護している。

現に、この安土セミナリオも京都の南蛮寺も、信長の援助で建てられたのではなかったのか。

「不思議に思うでしょうね。それ、当然です」

オルガンチノは何度もうなずいた。

「一体、どうして、そのようなことをおっしゃるのでしょうか、神父様」

「――それは」

オルガンチノは少しためらったあと、顔を上げてきっぱりとした口調で、

「ノブナガは神に敵対する行動をとっています」

と、言い切った。

「――」

「ノブナガは、自らを神だと考えています。最も許せないのは、自らの誕生日を勝手に聖なる日と定め、家来や城下の人々に拝礼させていることです」

「拝礼？　何をですか？」

「信長自身、それを象徴する石です」

「石？」

「そう、石です。単なる石を神に準じるものとして人に拝ませる。これは最も許すべからざる瀆神《とくしん》行為です。神の御名を汚《けが》すものです」

　オルガンチノは興奮してまくしたて、しばらくして我に返ると、

「とにかく、ノブナガ、いやノブナガ様とこれ以上深く付き合ってはいけません。教会とノブナガ様はいずれ対立するでしょう。その日はそんなに遠くないでしょう」

　エミリーは驚きに目をみはった。

　信長の敵がこんな近くにもいる。そのことを知った驚きだった。

　二〇九五年の地球連邦時間局では、フジオカ査察官が物理学者のアンダーソン教授を呼んで、意見を聞いていた。

アンダーソン教授は、現在の地球連邦において最高の物理学者とされている。時の流れが二つに分裂する、T・F現象を発見したタケイ博士の弟子でもある。タケイ博士は共同研究者のフレイヤー博士と共に、すでにこの世を去っていた。

「いかがでしょう、教授、この見通しは？」

フジオカは期待を込めて問うた。

しかし、アンダーソン教授は首を振って、

「わかりません。この事態は学問の領域を超えています」

と、冷静な表情で答えた。

（そんなことはわかっている）

フジオカは内心むっとした。

まったく見通しがつかないからこそ、わらをもつかむ思いで学者を呼んだのだ。せめて少しは実になることも言ってもらわないと困るのだ。

「二つの世界が併存していますね。正確に言うと、われわれの属するこの世界をAとすれば、A′の世界が生まれ、それがだんだん成長している」

と、アンダーソンはこの大異変がまるで他人事《ひとごと》のように、

「A′の世界は面白い。こんなことになるとはまったく予想がつきませんでした」

「日本」は成長していた。

信長は、大坂湾の入口に洛陽城を築いたが、それにあきたらず、大艦隊を建造して南洋に進出し、インドネシアに首都「ノブナガ」が建設されている。

個人名を冠した都は、西洋にはたくさんある。

アレキサンダー大王のアレキサンドリア、コンスタンチヌス大帝のコンスタンチノープル、ピョートル大帝のサンクト・ペテルブルグ——しかし、日本史上、そんな都市はかつて一つもなかった。いや、中国にもない朝鮮にもない。

東アジア世界唯一の都市なのである。

「まったくノブナガというのはユニークな人物ですな。たった一人の力でこれだけ世界が変わってしまうとは」

「ええ」

フジオカはいらいらしながら言った。

知りたいのはそんなことではない。

「'Aの世界を生み出しているエネルギー、その根源がどこにあるのか、私はひじょうに不思議に思っています」

アンダーソンは急に話題を変えた。

「エネルギー?」

「ええ、エネルギーです。どんなものでも、発生するためにはエネルギーが必要です。しかし、これほど大規模な世界を生み出すエネルギーがどこから生まれたのか」

「ひょっとすると、そのエネルギー源を絶てば、新しい世界の成長は抑えられる?」

フジオカは、はっとして言った。

アンダーソンは薄笑いを浮かべて、

「さあ、それはわかりません。理論的に検討しなければならない点が多過ぎる」

「教授、今は検討している時期じゃないんです。何か具体的な方策をとるべき段階です。この世界が消滅するかもしれないのですぞ」

叫ぶフジオカに、アンダーソンは表情を変えずに、

「だからこそ、無闇やたらと何かするわけにはいかない」

「――――」

「下手な手を打てば、それが滅亡を早めることも充分に考えられるでしょう」

アンダーソンの言葉にフジオカは何も言い返せなかった。

「まだ時間はあります。もう一度、可能性を検討してみましょう」

アンダーソンはコンピュータの前に座った。

第六章　黒　　幕

山科言経は密談を終えると、一人で夜道を歩き始めた。

「どこへ行くつもりなのかな？」

寺の外で様子をうかがっていた仁礼は、伊織に向かって言った。

「見当はつく」

伊織は答えた。

「どこに？」

「まあ、黙ってついてくることだ。すぐにわかる」

言経は油小路《あぶらこうじ》から北へ向かい妙覚寺の横を過ぎ、さらに北へ進んだ。

仁礼も、言経がどこへ向かっているのか、ようやく気がついた。御所である。

帝のおわす御所へ言経は向かっている。

その予測は正しかった。

言経は夜陰《やいん》にまぎれるように、御所の横の小さな門をくぐった。

「どういうことだ」

仁礼が聞くと、伊織はイヤホーンを再び耳に押しこみながら、

「わからぬか」

と、のみ言った。

「まさか、新しい黒幕とは——」

と、仁礼は最後の言葉をのみこんだ。

「その、まさか、よ。今、その確証《あかし》を摑《つか》めるぞ」

伊織は闇の中の御所をにらむようにして言った。

言経は夜ということもあって、紫宸殿《ししんでん》ではなく小御所に通された。

三人の公家がそこにいた。

主座は関白九条兼孝《かねたか》であった。

「権中納言殿、首尾はいかがであった」

兼孝はおだやかな口調で言った。

「はっ、上々吉《じょうじょうきち》と申せましょう」

言経はかしこまって答えた。

「それはめでたい」

兼孝は笑みを浮かべて、

「主上《おかみ》もお喜びであろう」

「ははっ」

「いつ頃になろうかの」

「まず、武田が滅びませぬと、この計はなりませぬ」

「その武田はいつ滅びる？」

「はっ、早くて来年の春」

「となれば、信長滅亡は夏頃かの」

「うまく行きますれば」

「うまく行かせねばならぬ」

兼孝は一瞬不快そうな表情を見せ、

「信長め、またしても僭上《せんじょう》なる書状を送ってよこしたのじゃ」

「またでござるか」

言経も渋面《じゅうめん》を作った。

信長は、いまの帝を嫌い、ことあるたびに譲位をせまっている。

息子である誠仁親王に早く位を譲ってしまえというのだ。

その誠仁親王は、生まれつき病弱で気が弱い。

しかも、いまは信長が造営した「二条の御所」にいる。

この二条の御所というのがなかなかの曲者《くせもの》だった。

ここには、すでに誠仁派ともいうべき公家集団がいる。今の帝が位を譲れば、この誠仁派の公家が、関白以下すべての要職を独占するに違いない。

この公家たちには、信長の息がかかっている。本来なら、関白にも左大臣にもなれぬ連中を、信長は買収し誠仁親王の側近にしたのだ。

信長の魂胆《こんたん》は見え透《す》いている。

こういう思い通りに動かせる公家たちに取りまかれた天皇、そういう天皇を実現して、この国を思いのままにあやつるつもりなのだ。

(そうはさせぬ)

それが関白九条兼孝以下、公家の本流を占める人々の強烈な思いだった。

「さっそく、主上に奏上致そう」

関白がそう言った時、上座に設けられた御簾《みす》の中から、声がかかった。

「兼孝、それにはおよばぬ」

一同は驚いた。

いつの間にか、帝が着座していたのだ。

「これは、主上」

一同は深々と頭を下げた。

帝、のちに正親町天皇と呼ばれた帝は、この時、六十五歳だった。

しかし、十歳以上も若く見える。

足腰もしゃんとしており、話す言葉も淀みがない。

「言経、ようやった」

「ははっ」

「あとは光秀めに朕《ちん》の意志と伝えるだけじゃな」

その時、信長暗殺計画は完全な形でまとまったのである。


それから三か月、仁礼は伊織の配下として過ごした。

伊織は言経らの話を盗聴した。

すなわち、これから何が起こるかを知っている。

しかし、そのことを断片的にしか語ろうとしない。

仁礼は信長暗殺計画の全貌をぜひとも知りたいと思った。

皮肉なことに、それは暗殺計画を阻止するためではない。

暗殺を、とどこおりなく、実行させるためだ。

そのことを伊織に悟られてはならなかった。

もう一つの重大な任務は、伊織がこの時代のどこかに仕掛けた、防御スクリーンを排除することだ。

二十一世紀にある時間局と連絡が取れないのも、応援が来ないのもそのせいだ。

むしろ、スクリーンを破壊すれば、任務はもっと早く達成されるかもしれない。

だが、伊織はなかなか尻尾を摑ませない。

スクリーンはどうやら二か所に設置してあるらしい。そのうちの一か所の所在はわかっているが、あと一つはわからない。

（こんなことでいいのか）

仁礼は焦《あせ》っていた。

しかし、どうにもなるものではない。

伊織は、そんな仁礼に、京の西洞院《にしのとういん》にある本能寺との接触を命じた。

伝手《つて》を求めて、本能寺の僧と親しくして、内部の構造を探っておけという命令だ。

「なぜ、そんなことを？」

仁礼は理由はわかっていたが、あえて聞いた。

伊織は声をひそめて答えた。

「いずれ、あの寺には火をつける」

「えっ、何故？」

仁礼は目を丸くしてみせた。

「あの寺は、信長公にとっては不吉な寺になる。だから、まずいことになる前に焼いておくのだ」

「――わからぬ」

仁礼がつぶやくように言うと、伊織は笑って、

「わからずともよい。とにかく、あの寺は焼く」

「すぐにか？」

「いや」

伊織は首を横に振って、

「五月の、末にな」

その意味は、仁礼にもわかった。

本能寺の変は、歴史のプログラム通りなら、天正十年六月二日未明に起こる。

この時、信長は少人数の供回りを連れて、本能寺に滞在していた。

その隙を、明智光秀に衝かれたのである。

だが、もし信長の入京直前に、本能寺が焼失すれば、信長は予定を変更するに違いない。

京には、いまのところ、ろくな宿所がない。

天皇の御所にしろ、ほかの大きな寺にしろ、戦国武将が泊まるには余りにも不用心なのである。

(――それにしても、信長はどうしてその晩、京都にいたのか)

仁礼はふと疑問に思った。

信長は、頻繁に京を訪れたと思われている。

確かに、天正七、八年頃はそうだ。

しかし、天正九年二月に、馬揃《うまぞろ》えという前代未聞の観兵式を行なってからは、一度も京へ現われてはいない。

「本能寺の変」の際の上京は、何と一年数か月ぶりのことなのだ。

（これは一体どういうことだ）

今まで考えてみたこともなかったが、あらためて記憶ファイルを検討してみると、これほど不思議なことはなかった。

信長は、まるで殺されるために京へ行ったようなものではないか。

たとえば、本能寺の変の当日、もし信長が京ではなく安土の城にいたとしようか。

もしそうだったなら、光秀の反乱は成功しない。

いや、そもそも反乱しようという気にならなかったろう。

失敗するに決まっているからだ。

光秀の反乱が成功するためには、極めて短期間に信長を追い詰め、殺してしまわねばならない。

ぐずぐずしていたら、全国に散らばっている信長配下の有力な部将が次々と戻ってくる。

本能寺ならばいい。あの寺は、堀ぐらいはあるとはいえ、大軍に攻められたらひと晩ともたないからだ。

しかし、安土城は違う。

安土城は堅固な城だ。

少人数で守っても、数日間は持ちこたえられる。

しかも、信長は旅先だったからこそ、供回りも少なかった。本拠地の安土にはもっと多くの家来がいる。

光秀の反乱が成功した最大の原因は、信長が「ひと晩で攻め落とせる」本能寺にいたことだ。

しかし、その信長に、わざわざ京へやってくる理由は何もない。

光秀は、本来中国路へ向かうはずの軍団の進路を変更し、京へ進むことを命じた。そして部下の不審をそらすために、

「京へおいでの信長様に閲兵《えっぺい》してもらうのだ」

と説明した。

これは、もちろん嘘だ。

だが、考えてみれば、光秀の将兵がそれを信じたのも無理はない。

それ以外に、信長が少人数で久しぶりに安土から京へやってきた理由が考えられないからだ。

しかし、その理由は真実ではない。

だとしたら――。

「どうした、何を考えている」

伊織が不思議そうな顔をした。

仁礼は一瞬ためらったが、思い切って言うことにした。

「奴らは、何らかの口実を設けて、信長様を京へおびき寄せるつもりなのだな」

伊織は虚を衝かれたような顔をしたが、すぐに気を取り直して、

「ほう、よくわかったな」

と、感心して言った。

「やはり、そうか」

思わず仁礼がそう言うと、伊織は今度は警戒の目を向けて、

「やはり、というのはどういうことだ」

「いや」

と、仁礼はあわてて、

「もし、信長様を討とうというなら、それしかないと思ったのだ。何しろ天下に類なき大物だからな」

「――まさに、そうだが」

「それより、桜木氏。きゃつらはどういう手立てを使って、信長公を討とうというのだ？」

「――――」

伊織は黙って仁礼を見た。仁礼はいぶかしげに伊織を見返した。

「話せぬというなら仕方もないが、拙者は信用されておらぬ、ということだな」

「――――」

「どうだ、桜木氏？」

「よし、わかった」

伊織はうなずくと、

「実のところ、わしにもすべてがわかったわけではない。話すのは、大体こうだろう、という話だ。それでも構わぬか」

「ああ、もちろんだ」

「きゃつらの考えた手立てとは――」

伊織は肝心かなめのことを語り始めた。

二〇九五年の時間局は、パニック状態寸前だった。

何しろ、あと少しで世界が破滅するかもしれないというのに、何ら有効な策が見つからないのだ。

招かれた物理学の最高権威アンダーソン教授も為《な》す術《すべ》がなかった。

「いまのところ有効な対策はありませんな」

コンピュータであらゆる可能性を検討していたアンダーソン教授は、査察官のフジオカにあっさりと言った。

「見つかりませんか」

フジオカは腹を立てていた。

こういう時に役に立ってこそ、学者というものではないか。

アンダーソンは、そういうことはまるで気にしていないように、フジオカを見て、

「そうです」

と、あっさり答えた。

「教授、何とかして下さい」

フジオカは諦めきれずに言った。

「それは論理矛盾です」

「——？」

「私は有効な対策はないと言ったのです。ない以上、『何とかすること』など初めから不可能です」

フジオカは苦い顔をした。

この学者は人間の常識というものを知らないのだろうか。

こういう時は、何とか言って慰《なぐさ》めるのが普通ではないか。いや慰めるというのが、何の意味がないにしても——。

「それより、ご覧なさい。実に面白い。歴史は一つの要素が変わっただけで、こんなに変わるものなのですね」

タケイ・フレイヤー現象は相変わらず続いている。

それも、たった一人信長という男が、本能寺で死ななかったことが原因である。

フジオカは、スクリーンをのぞきこんだ。

新たな事態が発生した。

日本の首都は再び、洛陽に移されている。

中国の洛陽ではない、日本の洛陽だ。

豊臣秀吉が「大坂」と名づける予定だった都市。それが「豊臣」秀吉は出現しなかったことで、洛陽というまるで中国のような巨大な城塞都市が誕生している。

「興味深いのは、この、A世界の日本には二十世紀の繁栄はないということです」

アンダーソン教授は突然奇妙なことを言った。

フジオカは思わず耳を疑って、

「繁栄がない？」

と、聞き返した。

「そうです」

「ない、とはどういうことです」

「文字通り、ない、ということです」

アンダーソンはまるで機械のように答えた。

「えっ、ちょっと待って下さいよ」

フジオカは頭が混乱して、

「この、洛陽の繁栄はどうなんです？　日本は、繁栄しているじゃありませんか」

「それは十六世紀から十七世紀にかけてのことでしょう」

「――――？」

「二十世紀の日本の、あの『経済大国』『エコノミック・アニマル』とまで言われた繁栄は、影も形もないということです」

アンダーソンは相変わらず冷静な口調で言った。

フジオカにも、ようやく事態がのみこめてきた。

「――つまり、日本は十七世紀に繁栄のピークを迎えてしまった？」

「そうです。われわれの歴史では、スペイン・ポルトガル、そしてイギリス・オランダが果たす役目を、日本が果たしてしまった。そのため日本本国はいったんは大発展を遂げるが、二十世紀まではもたなかったということでしょう」

それはフジオカにも思い当たる点があった。

十六世紀にあれほどの繁栄を誇ったポルトガル帝国は、二十世紀は再びヨーロッパの小国に戻っていた。

まるで爆発した超新星が、光を失っていくように。

それも理由がある。

ポルトガルは世界中で獲得した植民地を維持するために、有能な人材を次々に派遣した。その人材は現地に土着し、その地域の発展には貢献したが、再び本国へ戻ることはなかった。

こうして大帝国ポルトガルは次第に衰えていったのである。

「それと同じことが、日本にも？」

「そうです」

アンダーソンは皮肉げな視線でフジオカを見ると、

「査察官、あなたは日系人でしたね。どうです、どちらの歴史がいいですか？」

「そんなこと、今は問題にするべき時じゃないでしょう」

フジオカはとうとう露骨に不快な表情を見せた。


「神父様、マカオのペドロ総督から、お手紙が届きました」

安土の神学校で、責任者のオルガンチノ神父は、日本人修道士からその手紙を受け取った。

「ありがとう。仕事に戻りなさい」

オルガンチノは、手紙に対してある予感を持っていた。

開封するのも、もどかしく、手紙を読み始めたオルガンチノは、自分の予感が的中したのを感じた。

「エミリア、エミリア」

オルガンチノはエミリーを呼んで、再び部屋のドアを閉めた。

「どうなさいました、神父様」

エミリーは、オルガンチノの様子がただならぬことを感じていた。

「これをご覧なさい」

オルガンチノは手紙を見せた。

エミリーはポルトガル語も読める。

さっと一読して、エミリーも顔色を変えた。

「神父様、これは」

「ええ、とうとう来てしまいました」

それは、ポルトガル領マカオの総督から、イエズス会に宛てた、協力依頼の手紙だった。

その内容は「信長を討て」というものである。

「どうして、ポルトガルが信長様を？」

エミリーはそこのところがわからなかった。

「ポルトガルは、ノブナガの領土的野心を見抜いたのです」

「領土的野心？」

「そうです。このまま放っておけば、ノブナガは異教徒の領土を大きく広げてしまう。そうならぬうちに、消えてもらった方がいいというのです」

「そんな――」

ずいぶんと勝手な言い分だと、エミリーは思った。

この時代のカトリック教徒は、自分たちの行動が神の意志に沿った絶対の正義だと考えている。

だからこそ、南米や中東ではマヤやインカという大国を滅ぼし、その国のカトリック化に成功したのだ。

いわば神父は宣教師であるとともに、侵攻の尖兵《せんぺい》でもある。

キリスト教徒にとって、教えを広めることは、絶対に正しいことなのである。

従って、異教徒の王を滅ぼして、その国をキリスト教国化するのも、絶対の正義であるということになる。

「で、神父様は、信長公を討とうと言われるのですか」

「いえ」

オルガンチノは首を横に振って、

「いくらマカオ総督の要請でも、それはできません。われわれは神に仕える身であり、人殺しの手伝いをすることは戒律に反します」

オルガンチノがそう言ったので、エミリーはひとまず、ほっとした。

「しかし——」

と、オルガンチノは続けた。

「これからは、ノブナガと、われら教会とは敵対関係に入るかもしれません。彼は、人間の越えてはいけない壁を越えようとしています」

そう言うオルガンチノの目には、自らを神に擬そうとする人間への厳しい嫌悪《けんお》が感じられた。

エミリーは、この情報を一刻も早く仁礼に伝えたいと思った。

しかし、仁礼からは連絡もないし、連絡する手段もない。

栗色の髪で青い瞳のエミリーが、教会から外へ出て連絡をつけようとすることも難しい。

(仁礼、何をしているのよ)

エミリーは苛立《いらだ》ちを抑えることができなかった。

二人は本能寺の前に立っていた。

仁礼は伊織の口から、最も重大な情報を聞き出そうとしていた。

伊織はおもむろに口を開いた。

「信長を殺そうとしている黒幕、それについてはもうわかっているだろう。帝だ。今の帝は、信長を憎んでいる」

「――――」

「なぜ、憎んだか。理由は簡単だ。信長は陰に陽に帝に圧力をかけ、何とか位を皇太子の誠仁親王に譲らせようとしている。誠仁親王は、父の帝と違って、いたって気が弱くおだやかな性格だ。だから、親王が帝の位に就けば、信長は皇室を思いのままにあやつることができるというわけだ」

「帝はそれを警戒しているのだな」

「そうだ」

伊織はうなずいて、

「単なる警戒ではない。帝は信長が皇室そのものの重大な敵になるのではないかとみている」

「――――？」

「つまりだ、皇室そのものの存亡にかかわる敵とみているのだ」

「それは信長公が、皇室を廃するとでも？」

るだろうか。

信長と今の帝が仲が悪いとしても、だから皇室をつぶすというところまで考えるだろうか。

仁礼は叫んだ。

「まさか」

「その通り」

「いや、おそらく、信長公御自身はそこまで過激なことは考えてはおられまい。しかし、御所ではそうは思わぬ。考えてもみろ、信長公は、あの王城鎮護《おうじょうちんご》の要《かなめ》である比叡山延暦寺《えんりゃくじ》を焼き討ちしているのだぞ」

そう言われてみればそうだな、と仁礼は思った。

比叡山は天皇家に次ぐといってもいい、神聖な権威である。

その権威を平然とつぶした人間を、同じような権威の中にいる人間が、危険視するのは当然かもしれない。

伊織は声をひそめて、

「そこで、帝は、何とか信長公を討つことを常なる課題として考えるようになったのだ。しかし、信長公の実力は、帝がどう考えたところで、どうにもなるものではない。そこで、帝はじっと機会をうかがっていた。信長公に対する反感が高まり、機が熟すのをな」

「その機が、今、熟したというわけか」

仁礼も声をひそめた。

「そうだ」

伊織はうなずいて、

「山科言経や今井宗久らを使って、信長公を敵とする人々を一つにしようと策したのだ」

「今井宗久は、商人だろう。商人は信長公の味方ではないのか」

「そうだった。だが、この国では、どんな者でも、帝にだけは逆らってはならんのだ。それを策せば、必ず倒される」

「天皇制というのは強固な仕組みだ」

仁礼は思わず言った。

伊織の顔色が変わった。

「何、今、おぬし、何と言った」

（しまった）

仁礼は自分の致命的な失策に、その時初めて気がついた。

る。

（天皇制）
その言葉を使ったのが失敗だった。伊織の表情はたちまち変わった。
「おまえは時間局の人間だな」
天皇制——この言葉が生まれるのは、この時代よりずっと遅く、明治以降である。
それなのに、仁礼はそれを使ってしまった。
伊織は飛び下がって、懐中から何かを取り出そうとした。
（相手に先を越されたら負けだ）
仁礼は刀を抜いた。
そして、峰を返さずに、伊織の手首を打ち据えた。
「うっ、くそ」
伊織はあわてて、きびすを返すと走り出した。
仁礼もあわてて、あとを追った。
しかし、今度は間に合わなかった。
伊織は再び懐中に手を入れた。
一瞬後、伊織の姿は掻き消すように、消えた。

（時空転移装置を使ったか）

仁礼は気づいたが、あとの祭りとはこのことだった。

（しまった、どうすればいい）

仁礼は途方に暮れた。


信長暗殺計画は着々と進行していた。

その推進者の一人である今井宗久は、丹波《たんば》に明智光秀を訪れていた。

「いかに、明智殿」

宗久は決断をせまった。

光秀は青ざめていた。

まさか、このような要請を受けることになるとは、夢にも思っていなかった。

しかし、答えは決まっている。

「お受けできぬ」

光秀は小声ながら、きっぱりとした口調で言った。

「何故でござる」

「――これは宗久殿のお言葉とも思えぬ」

光秀は怒っていた。

「何故でござるか」

宗久はたたみかけた。

ここは城内の茶室である。余人はいない。

だから宗久も、こういう思い切った態度に出られるのである。

「知れたこと、これは謀叛《むほん》ではないか」

光秀はついにその言葉を口にした。

「いいや、そうではござらぬぞ」

宗久の言葉に、今度は光秀の方が何故と問うた。

「明智殿におたずね申す、貴殿の主人はどなたか」

「何をいまさら」

「お答え召されい」

「織田信長様に決まっておる」

宗久はせまった。

「ほう、それは異《い》なことを」

「異じゃと」

光秀はけげんな顔をした。

「いま織田信長様と申されたな。上様と申されず、織田信長様と言われた」

宗久はそこを突いた。

光秀は虚を衝かれたような顔をした。

「何故そう言われる？　織田信長様などと他人行儀な言い方を。いや、わかっておる。貴殿はようわかっておいでになる」

「な、何を」

「この日《ひ》の本《もと》の国の棟梁《とうりょう》は、上御《かみご》一人《いちにん》しかおわさぬことを。左様でござろう」

「――――」

宗久は、むろん帝のことを言っているのである。

「いかに？」

「だ、だから、どうだと言うのだ」

光秀はあわてると、どもる癖がある。

それを、しばしば信長に嘲笑されていることも、宗久は知っていた。

「――その上御一人の思《おぼ》し召しは、先程から申し上げた通りでござる。何卒《なにとぞ》、ご決断を」

「――――」

「それとも、身共《みども》の言葉をお疑いか」

「口は重宝じゃからな」

光秀はかろうじて言い返した。

「では、勅語《ちょくご》を賜われればよろしゅうござるか」

「勅、勅語」

光秀は再びどもった。

宗久は重々しくうなずいた。

そのようなことがあってたまるか、と光秀は思った。

故実《こじつ》に詳しい光秀は、帝が武士に勅語を下したことなど、まったく先例がないことを知っている。

「――いずれ、明智殿に下されることになりましょう。その時は、どうぞ日の本の国に生をうけた者の道を誤らぬようにお願い致します」

光秀の顔は硬くこわばっていた。

きょうはこれでいい。

宗久はそう思った。

「あと数時間で、T・F現象は最終段階を迎える」

査察官フジオカは部下にあらためて訓示した。

時間の亀裂は、ますます激しくなっている。

フジオカにしてみれば、湖に張った氷の上で、亀裂がどんどん広がってくるような思いだった。

やがて足元にも亀裂はやってくる。

その時、どうなるか。

この世界は消滅するのか。

自分自身の存在も消えるのか。

それはまったくわからない。

「アンダーソン教授」

フジオカは管制室に戻ってくると、苛立ちを抑え切れずにその地球最高の理論物理学者に声をかけた。

アンダーソンは、相変わらず血走った目で、コンピュータのディスプレイを見つめている。返事がないので、フジオカは再び声をかけた。

「アンダーソン教授」

それで、アンダーソンはやっと返事をした。

しかし、後ろは振り返らない。

「あとにして下さい。いま重要な計算中です」

「いつ、終わります」

「とりあえず目処《めど》がつくまで。あと十分」

「じゃ、待ちます」

フジオカは椅子に座った。

アンダーソンはまるで機械のような正確さで、キイボードを叩いていたが、本当にきっかり十分で振り返った。

「査察官、何でしょう？」

「毎度毎度、同じ質問ばかりで恐縮ですがね」

と、フジオカはうんざりした口調で、

「この先どうなるか、見当はつきましたか？」

アンダーソンはにこりともせず、

「それは申し上げた通りです。これは人類がかつて体験したことのない事態です。

だから、まったく予測はつきません」

「――――」

「しかし、面白い発見をしました」

「何です」

気のない声でフジオカは聞いた。

アンダーソンはそんなことには一向に無頓着で、

「時空体系AとA′の分別要素Λ《ラムダ》を特定中に、そのどちらにも属さない独立の因子の存在を予測し――」

「ちょ、ちょっと待って下さい、素人《しろうと》にもわかるように言ってくれませんか」

フジオカは叫んだ。

アンダーソンは一瞬不機嫌な顔になり、すぐにそれを取りつくろうと、

「平たく言えば、この世界の亀裂のカギを握っている人間が一人いる、ということですね」

「カギを握っている？」

「だから分裂現象の双方に属さない独立の因子ということで――」

アンダーソンはそう言いかけて、苦笑して、

「ああ、この言い方じゃいけませんね、査察官。つまり、どう言えばいいのか、このT・F現象による時空世界の分裂は、その人間のせいで起こったということですよ」

「それはつまり、オダ・ノブナガですか」

「いいえ」

アンダーソンは首を振って、

「ノブナガはあくまでも結果です。むしろ、その要因である一人の人間、ノブナガの活躍の余地を切り開いた人間が、問題なのです」

「それが、独立因子ですか」

「そうです」

「では、その独立因子を消せば、亀裂は消える？」

「そこまでは、まだ決定できません。可能性の高い推論ではありますがね」

「見こみはどうなんです」

「何の見こみ？」

「その因子が、消える見こみですよ」

「そんなことはわかりません。まだ、その因子自体どんな性質を持っているのかすら、わかっていないのですから」
アンダーソン教授は、にべもなくそう言って、再びフジオカをくさらせた。

仁礼は京の郊外にある伊織の隠れ家《が》に急いだ。
いつか敵の急襲を受けたとき、囲炉裏《いろり》の底の地下基地を知ることができた。
その地下には、天正十年への時空間を超えての侵入を防ぐスクリーンがあった。
その発生装置はおそらく一つではない。
ほかのところにもあるだろう。
しかし、いまとなっては手がかりはそこしかない。
仁礼は急いだ。
あるいは時空転移装置を使って、伊織はすでにそこにいるかもしれないのだ。
仁礼は油断なく近づいた。
焼け落ちた小屋の囲炉裏の隅にあるスイッチを入れた。
音もなく床が下がり、地下室に入る。
中には誰もおらず、スクリーン発生装置は順調に作動していた。
（よし、これを破壊しよう）

仁礼は決心した。
ほかに方法はない。
慎重にやる必要はあった。
見かけは小さいが、この装置は巨大なエネルギーを発生させている。
うっかり、破壊すれば、大爆発になる。
仁礼はその破壊の方法を知っていた。
要するにショートさせればいいのだ。
そのためには回路と回路の配線をうまくつなぐことである。
仁礼は実行した。
発生装置は、不気味なうなり声をあげるようにして、停止した。
(うまくいった)
ほっとしたのがいけなかった。
伊織が突然背後に現われた。
「おい」
「――――!」
仁礼が振り返った時は、もう遅かった。

伊織はパラライザーをかまえて、仁礼の胸にぴたりと狙いをつけていた。

「即死——にセットしてある。動かないことだ」

「何のことだ？」

仁礼は言った。

伊織はこれまでパラライザーを島田三九郎に見せたことはない。

「とぼけるな」

伊織は叫んだ。

「これが何であるか、おまえには充分わかっているはずだ」

「——ああ」

伊織の見幕に、仁礼は認めざるを得なかった。

「やっぱり、おまえは未来から来たな」

「そうだ」

「査察員か」

「そうだ」

「任務は？」

「——忘れた」

「何だと、ふざけるな」

伊織は怒った。

「ふざけてはいない」

仁礼は落ち着いた声で、

「本当は、私は天正十年六月の京都へ行くはずだった。ところが、どこかの誰かが仕掛けたスクリーンのおかげで、少し先の時代にはね飛ばされたうえ、記憶まで失ってしまった」

「知ってるじゃないか」

伊織はなじるように、

「もし記憶を失ったのなら、どうしてそこまで言える」

「記憶を少しずつ取り戻しつつあるんだ」

「おまえが行ったのは何年先の未来だ」

「さあな、よくわからん」

「おい、真面目に答えろ、おれは気が短い」

「わからんのだ、まったく新しい未来が出現していたのでな」

「本当か」

伊織は目をきらきらさせて、身を乗り出してきた。

「本当だ。確か霊鳳という年号を使っていたな」

「霊鳳――」

伊織は上ずった声で言った。

仁礼は複雑な心境だった。

やがて数年後、仁礼はこの男と大坂湾の近くで再び遭遇することになる。

いや、もう遭遇したのだ。

（そうか、いまここで起こっていることが、奴の記憶に残ったのか）

ここで、仁礼が未来に出現することを知った伊織は、あの時に待ちかまえていたのだろう。

「ということは、その未来には信長様は生き残っているのだな」

「それどころか――」

仁礼はあえて言った。

「大坂に城を築き、その地を洛陽という名にあらため、世界に進出している」

「洛陽か、そうか」

思った通り伊織は興奮して、一瞬の隙ができた。

仁礼は狙いすまして、伊織の右手首を蹴った。

「げえっ」

パラライザーが床に落ちた。

こうなれば対等である。

仁礼は格闘技には自信がある。

しかし、敵もさる者だった。

伊織は、仁礼と素手で格闘する危険を冒さずに、すぐに引き下がって、時空転移装置のスイッチを押した。

伊織はそのまま消えた。

（畜生）

仁礼は毒づいた。

第七章　幻の栄華

信長は上機嫌だった。

ついに長年の宿敵武田を滅亡に追いこむ算段が整ったのである。

信長は、先代信玄の頃から武田にはいつも悩まされてきた。

その軍団の強大さ、信玄の巧みな用兵――もし戦うことあれば、信長軍はさんざんに打ち破られていたに違いない。

しかし、幸運にも信玄は病いで急死した。

息子の勝頼は武田家の後継者としては力不足だった。

信長は、勝頼を三河国長篠で徹底的に叩いた。

以後、武田家は二流大名に転落した。

しかし、信長はすぐにはとどめを刺そうとせず、じわじわと勝頼を追いこんでいった。

勝頼もおとなしくしていればいいものを、無闇に動き、余分な力を消耗した。

軍事行動はするが、実りはまったくない。

そんな勝頼のやり方に、人心は次々と離反していった。

そして、まず外様《とざま》の重臣である木曾一族が、信長に内通することを約束した。

木曾は源平の昔の朝日将軍・木曾義仲の血をひく名門である。

しかし、それよりも、信長を喜ばせたのは、穴山梅雪入道の裏切りだった。

梅雪は、武田家一門の筆頭で、勝頼が最も信頼している重臣である。

その梅雪が、もう勝頼のやり方にはついては行けぬと、裏切りを決めた。

ここに至って、信長はようやく重い腰を上げた。

同盟軍である徳川に加えて、勝頼の外交政策のまずさから武田と断交した北条までが、攻撃軍に加わった。

信長は、拍子抜けするほど呆気《あっけ》なく勝利をつかんだ。

長篠では、壮烈な攻撃を見せたあの勝頼がほとんど抵抗らしい抵抗もできずに、天目山《てんもくざん》に追いつめられ自害した。

戦国大名武田一族は滅亡した。

信長は快哉《かいさい》を叫んだ。

これで、枕を高くして寝られる。

それは家康も同じだった。

家康は長年、武田家と領国を接し、いつ攻められるかもしれないという恐怖にさいなまれてきた。

一度だけ信玄と戦った時、家康は惨敗した。

もう少しで首を取られるほどの、大惨敗であった。

それ以来、武田とは家康にとって夢魔であった。

その夢魔がようやくなくなったのである。

信長は家康の長年の功労を謝し、京、堺を見物されよ、と穴山梅雪と共に安土へ招待した。二人は新たに与えられた領地に対する御礼言上《ごんじょう》という名目で安土へやってきた。

信長は最大限の歓待をした。

「三河殿、まことにご苦労であった」

「かたじけのうござりまする」

家康も平身低頭して、これに応えた。

もう徳川には織田の家来として生きていくしか選択肢はない。

その力関係がはっきりしたことでも、信長は大満足だった。

（あとは主上《みかど》か――）

こうなると邪魔な存在は帝だった。

あの老いたる帝は、高齢にもかかわらず、絶対に退位しようとしない。

退位さえすれば、跡継ぎはお人好《ひとよ》しの誠仁親王である。

すでに誠仁親王を二条に新築した御所に迎え、その周囲はすべて親織田の公家で固めてある。

信長はこれまでにも陰に陽に、帝の退位をほのめかしてきた。

しかし、帝は頑として動こうとしないのである。

（もう、畿内はわしの天下だ。いっそのこと兵を派《つかわ》して、主上を位から降ろさせるか）

信長の頭の中にあるのは、そのことである。

（まず使者を出して、位を譲らねば、いかなることになっても知りませぬぞ、と脅してやるか）

信長は自分の思いつきに酔っていた。

「主上《おかみ》、これは」

関白九条兼孝は顔色を変えた。

信長から来た書状は、脅迫状に等しいものだった。

老帝も怒りにふるえていた。

「きゃつめ、増上慢《ぞうじょうまん》が過ぎるようじゃ」

「まことに」

「兼孝、いよいよじゃ」

「は？　いよいよとおおせられますと」

「何をとぼけたことを申しておる。あれじゃよ、あれ」

老帝は薄笑いを浮かべた。

「いよいよ、信長追討の詔勅《しょうちょく》を出されますので」

「しっ、声が高い。壁に耳ありじゃぞ」

「はっ、おそれ入りたてまつります」

「――では、きゃつめを、この京へおびきよせねばならぬ」

「はあ」

老帝は顔をしかめた。

この関白は人はいいのだが、謀事《はかりごと》にはからきし向いていない。

「山中納言《やまちゅうなごん》を呼べ」

「ははっ」

山中納言――山科言経は、急ぎ参内《さんだい》してきた。

「――信長めをおびき出す算段はついたか」

言経の顔を見るなり、老帝は言った。

「いささか」

――言経は自信ありげに言った。

「申してみよ」

「まず、はじめに、主上が御退位なされると、あの者に告げることでしょうな」

「うむ、それから」

「もちろん、京へおびき出すためには、ただご退位するとおおせになるだけでは、うまくいかぬと存じます。信長めに、何らかの位を授けるのはいかがでしょう」

「何を授ける」

言経は上目遣いで兼孝をちらりと見て、

「関白の御位《みくらい》」

と、ずばりと言った。

兼孝は驚いて、

「何じゃ、まろは一体どうなるのじゃ」

「方便でござる。一度は辞めていただかなければなりませぬが」

「どうしてもか」

兼孝は未練たっぷりに言った。

老帝は身を乗り出して、

「それで、信長は来るか？」

「まず、主上がご退位をおおせられ、時を同じくして信長めを関白に叙する。東宮《とうぐう》（皇太子）が新しい帝となるが、補佐してくれよ、とお声をかけていただければ、信長め、取るものもとりあえず駆けつけて参りましょう」

「なるほどのう」

「名案でございましょう」

言経は誇らしげに自画自賛した。

天正十年五月二十八日――。

明智光秀は、居城丹波亀山城《かめやま》を出てわずかな供を連れて、愛宕山《あたごやま》に入った。

愛宕山は京の北郊にある小高い山である。

勝軍《しょうぐん》地蔵を祀《まつ》っていることから、武将の信仰が篤《あつ》い。

光秀がそこへ現われたのは、表向きは連歌《れんが》の会を催すためということになっていた。

しかし、違う。

光秀は、ある公家の呼び出しを受けたのだ。

言うまでもない、それは権中納言山科言経である。

「山科卿――」

愛宕山の中腹にある寺の書院で、光秀はかすれた声で言経に呼びかけた。

余人はいない。

光秀もひとり、言経もひとり、その言経の方が上座にいた。

「お喜び下され、主上より勅諚《ちょくじょう》が下されましたぞ」

それまで硬かった言経の表情が、にわかに崩れた。

光秀は、はっとして言経を見た。

「ま、まことに」

「つつしまれるがよい」

言経は微笑しながらも、おごそかに言い渡した。

「ははっ」

光秀は平伏した。

言経は、菊の紋を打った文箱《ふばこ》から、勅書を取り出し開いた。

「読み上げまする」

言経は勅書を読み上げた。

その内容は、信長の専横と増上慢を厳しく指摘したものであった。

そして言経は最後に一段と語調を強めた。

「汝《なんじ》光秀、よろしく朕《ちん》の心を体し、逆賊織田信長を殄戮《てんりく》し、もって皇威を泰山の安きにおけ。これ朕の願いなり、懶《おこた》る勿《なか》れ」

言経は読み終わると、書状の表を光秀の方へ向けた。

「見るがよい」

「ははっ」

光秀はゆっくりと顔を上げて書面を見た。

そこには確かに、言経の読み上げた通りのことが書かれてあり、最後に天皇の名があり、印が押してあった。

光秀は震え出した。

言経は勅書を箱に納め、光秀に差し出した。

「さあ、受け取られよ」

だが、光秀は体を硬くしたまま動かなかった。

「いかがなされた」

光秀は獣のような唸り声を上げた。

「――――?」

言経は不思議に思って、のぞきこんだ。

畳についた光秀の両手に、大粒の涙がぽろぽろと落ちていた。

言経は息をのんだ。

ややあって、光秀はうつむいたまま腹の底から絞り出すように、

「信長様は、拙者の大恩人でございまする」

「――――」

「浪々の身から、織田家の一翼を担う大将に引き上げられ、数十万貫に近い所領も与えられておりまする」

「──その恩人を討つには忍びないと申されるか」

「御意《ぎょい》」

光秀は蚊が鳴くような声で答えた。

「それは心得違いと申すものじゃ」

言経は声を大にして言った。

「よいか、日向殿。この国に生をうけし者は、すでにそのことで、ありあまる御皇恩を受けておるのじゃ。そなたは、信長から所領をもらったという。だが、その所領とは本来どなたのものじゃ？　主上のものでござろうが。普天《ふてん》の下《もと》、王土にあらざるなしと申すではないか。心得違いをなされてはならぬ」

光秀は涙に濡れた顔を上げた。

「おわかりか。いや、日向殿なれば、おわかりのはず。そもそも武家が直《じか》に勅書を賜るなど、本邦始まって以来の名誉でござるぞ。いかが？」

言経は詰め寄った。

「存じており申す。この光秀、あまりの勿体《もったい》なさに身の引き締まる思いでござる」

「ならば、お受けなされ。臣下として、ほかの道はあるまい」

「──」

なおも光秀はためらっていた。

言経は近づくとかがみこみ、光秀の肩に手をかけて、

「忘れておった。褒美《ほうび》のことじゃ」

「褒美？」

「左様、お喜びなされ。首尾よく逆賊を討った暁《あかつき》には、貴殿を征夷大将軍に推任《すいにん》するとの主上のご意向でござる」

「征夷大将軍――」

光秀はぽかんと口を開けた。

あまりにも唐突な、そして夢のような話であった。

将軍といえば、武家の総棟梁、最も高貴な身分ではないか。

(なれるのか、拙者が)

光秀は疑問を抱かずにはいられない。

「貴殿は土岐《とき》源氏の嫡流。家柄、人格、見識も申し分ない。まさに将軍にふさわしいと主上もおおせられておる」

「主上も」

「左様じゃ。受けなされ、さあ」

言経は文箱を差しのべた。

光秀はおずおずと、それを受けた。

「それでよい」

言経は会心の笑みを浮かべ、

「頼みましたぞ、日向、いや将軍殿」

光秀は文箱を押しいただいたまま、しばらく身じろぎもしなかった。

まだ、夢の中にいる心地がした。

はたしてこれは現実なのか。

(信長様を討つというのか、この、わしが――)

光秀は何度も何度も、そのことを心の中で繰り返した。

信長に与えられた数々の恩恵、激賞の言葉と共に、どもる癖を嘲笑されたことや、叱責された思い出が次々と脳裏をよぎった。

(これは主上の思し召しじゃ。やむを得んのだ)

光秀はそう自分に言い聞かせた。

それは光秀にとって納得できる口実だった。

もともと光秀は古典的な教養人である。武士には珍しく和歌も漢詩も詠《よ》める。

この日の本の国の本当の王は誰なのか、その問いにも簡単に答えることができる。

信長ではない、天皇である。

そう信じる光秀にとって、天皇の命令で信長を討つのは罪悪ではない。

信長がいかに光秀にとって大恩人であろうとも、その恩は天皇がこの国の人々に与える恩に比べれば、何ほどのことはない。

天皇の恩は、所領をくれる金をくれるなどという些細《ささい》なことではないのだ。

(討つしかあるまい)

なぜ、よりによって自分が討たねばならぬのかという気もしたが、もうそんなことは考えてはいられない。

大命は下ったのだ。

「山科卿」

光秀は頭を上げた。

「ほほう、武将の顔になったな」

言経は満足げにうなずいた。光秀の決心を読み取ったのである。

「ひと口に討てと申されるが、それはかなり難しいことでござる」

光秀は言った。

信長を討つことを現実の可能性として考えてみると、そうそう簡単ではないことに気がついたのである。

信長はいま安土城にいる。

所属の大軍団は各地に出動させてしまったため、安土の守りは確かに手薄だ。

しかし、天下の名城である。光秀が自分の軍団一万五千で総がかりに攻めても、十日や二十日は持ちこたえるだろう。

そして、そうなれば全国各地から、軍団が救援に戻ってくる。

柴田勝家《かついえ》・丹羽長秀《ながひで》・滝川一益《かずます》。最大の軍団を持つ羽柴秀吉は、毛利の大軍と交戦中だから無理だろうが、信長の三男信孝《のぶたか》を総大将とし丹羽長秀を補佐役にした二万の軍団が、安土とは一日の距離の石山《いしやま》にいる。

光秀が安土を攻めたと聞けば、信孝・長秀はただちに救援に駆けつけるだろう。

そうなったら勝ち目はない。

仮に信孝軍を破ったとしても、残兵は安土城に逃げこみ徹底抗戦をするだろう。

そうなれば柴田勝家・滝川一益らが戻ってくる。光秀はたかだか一万五千の軍勢で、これと戦わねばならない。

現実問題として、信長を討つのは不可能ではないか。

光秀は蒼ざめた。

「ご案じ召さるな。我に秘策あり」

言経は自信に満ちていた。

「秘策と申されますと」

光秀はけげんな顔をした。

「明日、信長は京に入る。わずかな供回りを連れてな」

「まことでござるか」

光秀は驚いて言った。

それが本当ならば、勝機はある。

なぜなら、京には城らしい城がない。信長がどこに泊まるにしても、急襲して一夜で攻め落とすことが可能だ。

近江安土よりも京の方が、はるかに近い。

「信長は四条西洞院の本能寺に泊まるはずじゃ。来月の三日までな」

「三日」

光秀は素早く計算した。

今月は小の月で二十九日までしかない。

明日で五月は終わり、明後日は六月一日である。

（これから亀山へ戻り、急ぎ支度を整えて出立《しゅったつ》すれば六月一日の深夜には京へ着ける）

それなら信長を討てる。

襲撃はおそらく二日未明のことになるだろう。

「――どうじゃ、討てるな」

言経は言った。

「はっ」

光秀はうなずいた。

問題は家臣どもをどう説得するかだ。

兵は問題ない。日頃から大将の命令に絶対従うように厳しく訓練してある。

重臣もまずだいじょうぶだ。

筆頭家老の斎藤内蔵助《くらのすけ》は、信長の仕打ちを憎んでいる。かつて信長の命令で、内蔵助は妹を信長の養女に差し出し、信長はその妹を四国の長宗我部家へ嫁がせた。

政略結婚である。

妹は長宗我部家の跡継ぎ信親を生んだ。

この「信親」の「信」は信長が名の一字を与えたのである。

それほど友好関係を築いておきながら、信長は近畿を統一すると、矛先《ほこさき》を長宗我部に向けた。

四国が欲しくなったのである。

これまで営々として築いてきた長宗我部家との友好を反故《ほご》にされて、光秀も面白くない。

長宗我部家とのことはおまえがやれ――そういう命令を受けて、これまで努力してきた。内蔵助の妹が嫁に行ったのも、そのためである。その縁で、明智家の家臣の中には、長宗我部と姻戚になっている者が少なくない。

(待てよ、山科卿は、ここまで読んでいるのか)

そういう御家の事情を知っていて、自分に声をかけたのか。だとしたら相当なものであった。

(これなら、うまく行く)

光秀はあらためて、そう思った。

信長はあわただしく安土を出立し京に向かった。

朝廷から、元関白近衛前久が内々の使者として訪れ、今上の帝が退位し誠仁親王が位に就くこと、その補佐として信長に関白になるよう要請してきたのである。

「そのために、急ぎ上洛していただけまいか」

前久の言葉に、信長は一も二もなくうなずいた。

「ただちに参ろう」

関白の位は、もともと信長自身が望んだことである。

目標が決まれば信長の行動は速い。

近臣のみを連れて、すぐに城を出た。

安土の留守は近江日野《ひの》城主蒲生賢秀《がもうかたひで》に任せた。

途中襲われるなどということを、信長は一切考えなかった。

京には長男信忠を先発させてある。

京の市中へにらみをきかせるためだ。

その軍勢は二千いた。

織田家の領土の真ん中が京だ。敵国と境を接しているわけでもない。

二千いれば警護の兵としては充分だ。むしろ多すぎるくらいだ。

信長がそう思ったのも無理はなかった。

現に、同盟者徳川家康は、家来数名を引き連れただけで、京や堺を見物して回っているのだ。


その家康は、堺で今井宗久に会っていた。

宗久が茶室で切り出した用件は、家康を驚倒させた。

「――わしに反逆せよと申されるか」

家康は茶碗を置いて、あたりを見回した。

「反逆ではござらぬ」

宗久は首を横に振った。

「――?」

「三河殿は織田家の家来ではないはず。反逆とは申せますまい」

宗久は言った。

家康は沈黙した。

「三河殿、天下の主となりとうはござらぬのか。征夷大将軍となるのも夢ではござらぬぞ」

「――拙者、源氏ではござらぬ」

家康はぼそっと口にした。

源氏でなければ将軍になれない。一応それは事実ではある。

しかし――。

「そのようなことはどうにでもなりまする。系図をお買いになればよい」

――宗久はあっさりと言った。

「系図を買う？」

「左様、世の中には、名家の子孫であるというだけで何の取《と》り柄《え》もない者がおります。そういう者から家格を買うのでござるよ」

「なるほど」

「三河殿、ここは一番ご決断下され。天下人《てんかびと》は目の前ですぞ」

宗久はむろん、言経が光秀をたきつけていることは知っている。

しかし、信長抹殺をより確実なものとするため、家康にも手を回した。家康の方は宗久が舌先三寸で口説《くど》こうという魂胆《こんたん》である。

「ははは」

家康は突然笑い出した。

宗久は驚いて家康を見た。

「いや、面白い趣向でござった。人生は一炊《いっすい》の夢と申すが、茶席の一時の夢も面白うござった。では、そろそろおいとま致す」

家康は言った。

宗久は察した。

家康はこのことを座興にしてしまいたい、つまり、やる気はない。

(三河の鈍牛め、欲がないのか)

宗久はそう思ったが、当人にやる気がない以上、無理押ししても仕方がない。

「わかり申した。では、いまのことはこの場限りに」

宗久は頭を下げた。

家康が茶室を出ると、物陰から低い声がした。

「――殿」

「半蔵《はんぞう》か」

伊賀者頭《いがものがしら》の服部《はっとり》半蔵だった。

家康の身辺を警護するため、いつも身近にいる。いまの茶室の話も聞いていた。

「お知らせせずともよろしいので」

半蔵は言った。

宗久のことである。

信長に知らせるという判断は当然あった。

「いや」

家康は首を左右に振った。

「よろしいので？」

半蔵は問い返した。

「よい」

下手に知らせれば痛くもない腹を探られる。信長には病的に疑り深いところがある。

それに——。

（もし、織田殿が倒されたとしたら、それはそれで世の中は面白くなる）

家康はそう思った。

宗久の言うように、自分は信長の家来ではない。同盟者である。だが、いまや彼我《ひが》の実力は隔絶していた。このままでは家臣同然になる。また、そうならねば、徳川家は信長の天下統一後に滅ぼされることになるだろう。

すでに大敵武田が滅びたことで、その防波堤としての徳川家の存在意義は薄れているのだ。

「いいのだ、放っておけ」

家康は言い捨てて、さっさと歩き出した。

もちろん、この時点で光秀がすでに「反逆」の意志を固めていることなど、知る由《よし》もなかった。


「もう、だめだ」

査察官フジオカは両手を上げたい気分だった。

あと、ちょうど三時間で、タケイ・フレイヤー現象は終わる。

二つの併存している時空間が収束して一本になる。いや、どちらかが消える。

今の世界と、ノブナガがアジアの王となり日本がアジアを征服している世界と、この二つのうちのどちらかが残り、どちらかが消失するのである。

何の対策も講じられなかった。

それどころか時間局の機能はマヒ状態である。設備のほとんどが使えない。まれにスクリーンに、新しい世界の映像と、今の、フジオカらが所属する世界の映像が混在して映る。

「どうです？」

フジオカは血走った目で、アンダーソン教授に呼びかけた。これで何十回目になるだろう。

アンダーソンは相変わらずコンピュータを操作し、何事か考えている。

「査察官」

「何です？」

「独立因子の性質がわかりました」

アンダーソンはフジオカの方へ向き直ると言った。

「独立因子と言いますと、例の、この二つの世界のどちらにも属さない？」

「そうです。それでいて、この現象の収束を決定づける力を持っているかもしれない因子です」

「それは一体何です？」

「一つの強力な精神エネルギーです」

「つまり、人ですか？」

「――そうなのですが、ただの人ではない」

「どういうことです？」

「正確にはわからないが、普通の人間ではない。これだけは確実に言えます」

「それで？」

フジオカは希望を込めて聞いた。

「何ですか？」

アンダーソンはけげんな顔をした。

「これからの見通しですよ」

「それはわかりません」

アンダーソンはまたもにべもなく答えると、コンピュータのディスプレイに向き直った。

（あと、三時間しかないんだぞ）

フジオカは怒鳴りつけたかった。

しかし、どうなるものでもない。

光秀は六月一日夜、一万五千の軍勢を丹波亀山から出発させた。

目指すは京の本能寺だ。

信長はまだそこにいるはずだ。

万が一にも、どこかへ行ったりしないよう、今夜は山科言経らが大挙して本能寺へ押しかける手筈《てはず》になっていた。

上洛を祝うとの口実で、本能寺に長居して、夜が更《ふ》けるのを待って帰る。そうすれば、信長は仮に予定があったとしても、明日に延ばすだろう。

光秀は、まだ誰にも——家老の斎藤内蔵助にすら「反逆」の意志を告げていなかった。

敵をあざむくには、まず味方から。光秀は全軍に老ノ坂《おいのさか》を越えさせ、沓掛《くつかけ》で休息を取らせた。

沓掛は街道の分岐点で、東へ進めば京、南へ進めば山崎を経て摂津《せっつ》に出る。光秀軍は、毛利と戦っている羽柴秀吉軍の応援に行くのだから、南へ進まねばならない。

光秀は重臣を集めた。

そこで、すべてを告げるつもりである。

「殿、集まりましてございます」

使番《つかいばん》が呼びにきた。

「うむ」

木陰に据えた床几《しょうぎ》から立ち上がった光秀の耳に、低く重い声が届いた。

「おやめなされ」

光秀はぎょっとして、あたりを振り返った。

「何者だ」

使番の武士が刀の柄《つか》に手をかけた。

「お騒ぎあるな。拙者は御大将《おんたいしょう》と話しているのだ。将軍となるか屍《しかばね》となるか、という話をな」

「待て」

光秀は、将軍という言葉を聞くと、使番を制して静かにさせた。

「その方、何者だ。何の話がある」

「失礼つかまつった。桜木伊織と申す」

「伊織とやら、どこにいる」

光秀はきょろきょろとあたりを見渡した。

相変わらず姿は見えない。

「拙者、いかようにも姿を隠せる者とご承知おき下され。さて、話と申すは簡単なこと。いま、心の内にあることを、おやめなされ、ということでござる」

「申し上げてもよろしゅうござるのか」

「心の内にあることとは何だ？」

光秀は蒼い顔をして、

「申し上げてもよろしゅうござるのか」


「――――」

「おやめなされ、この企《くわだ》ては必ず失敗致します」

「なぜ、わかる」

「まず第一に、拙者がこれより知らせます」

「生かして帰さぬと申したら」

「それはできませぬ。拙者の姿すら見えぬ者に、どうして拙者を討ち取ることができましょう」

「う――」

光秀は一瞬ひるんだが、すぐに言い返した。

「上様が、その方のような者の申すことを信じるはずがない」

「信じまする、証しがある」

「何と。そんなものがあるはずがない」

「ありまする。勅書が」

「何、そんな——」

光秀は鎧《よろい》の下をさぐって愕然《がくぜん》となった。

懐に入れたはずの勅書がない。

光秀は刀の柄に手をかけた。

「おやめなされ。勅書は配下の者に預け、今はこの場にない」

「どうするつもりだ」

「どうも致しません」

「何じゃと、何と申した」

「どうも致しませぬ。このまま、殿は羽柴殿の援軍へお行きなされればよいかと存じます」

「勅書はどうする？」

「殿が確かにそうなされれば、燃やしまする」

「——」

光秀は決心がつきかねていた。

「もう一つ、申し上げる。まもなく、本能寺は火事になります」

「何だと、付け火か」

「左様、そして炎にまかれ、一人の公家が死ぬことになるでしょうな」

「――――」

「おわかりか、それですべてはなかったことになる」

「そちは一体何者だ。上様の目付《めつけ》か？」

「目付なら、握りつぶしたりは致しませぬ。ただ織田家の行く末を真剣に案じている者、とのみ申し上げておきましょう」

「――――」

「拙者はこれにておいとま致す。よくお考え下され。本能寺はもうありませんぞ。焼け跡を攻めても首は取れませぬ」

伊織の声は消えた。

光秀は茫然とその場に立ち尽くしていた。

本能寺が突然炎に包まれた。

伊織の仕掛けた時限発火装置が、三か所で炎を発したのだ。

外は豪雨であった。しかし、建物内部から発生した火は、またたく間に寺を覆った。

信長はまだ起きていた。

押しかけてきた言経たちの相手をしていたのである。

このことは伊織の計算のうちだった。

信長が炎にまかれて死んでは、元も子もない。

「避難されよ」

信長はひと言いうと、まっ先に外へ出た。

気がつくと、信忠の宿舎妙覚寺からも火が出ている。

「お蘭、これは何かあるぞ」

信長は、そこに陰謀の匂いを嗅《か》ぎ取った。

「はい、左様に存じます」

「よし、石山にいる信孝のもとへ向かうぞ」

信長はとっさに最も安全な道を選択した。

馬蹄の響きとともに信長は去った。

言経は呆気に取られて、それを見つめていた。

（何ということだ。これでは明智殿も、信長を討てぬ）

「その通り」

背後から声がした。

あっと振り返ったところを、言経は胸を串刺しにされた。

「何、何者」

「死ね。おまえには死んでもらわねばならぬ」

伊織だった。

言経を消せば、光秀もあきらめて信長麾下《きか》の一将軍に戻るに違いない。

本能寺の変はなかったことになるのである。

（終わったな）

言経が絶命するのを見届け、伊織はようやく肩の荷をおろした。

何もかも一人でやったのである。

時空転移装置があってこそできたことだ。つい先程まで、伊織は老ノ坂にいたのである。

あとは光秀が本当にあきらめて中国路へ向かうかどうか、もう一度老ノ坂あたりへ戻って見届けるだけだ。

伊織は刀を納め、時空転移装置を懐から取り出した。

ぴしっ、と鋭い音がした。

どこからともなく飛んできた礫《つぶて》が、転移装置をはね飛ばした。

（――！）

「これはもらっておくわよっ」

「貴様」

装置を地面から拾い上げたのは、エミリーだった。

礫を投げたのは――。

「三九郎」

伊織は気づいた。

仁礼が立っていた。

「久しぶりだな。ようやく会えた」

「よくわかったな。わしがここへ出現するのが」

「ああ、きりきりまいさせられたよ。時空転移装置を持っている敵を、持ってない者が追うのは難しい」

「そうだろうな、ハエがジェット機を追うようなものだ」

仁礼はうなずいた。

「ここしかない、と思っていたよ」

「うん？」

「ジェット機に乗った奴を捕えるには、必ず降りるところで待つしかない」

「なるほど、それにまんまとはまったというわけか。――それで、おれをどうする気だ」

「潔く投降しろ。君を逮捕する」

「ははは、逮捕、こりゃ傑作だな。逮捕したところでどこへ連れて行く？　もう未来は変わってしまっているのだぞ」

「今なら、まだ間に合う。おぬしを捕まえればな」

「捕まるわけにはいかん。どうしてもというなら斬るんだな」

「ならば、斬る」

仁礼は一歩下がって刀を抜き払った。

「ふん、若造め。おれの相手は十年早い」

伊織も刀を抜いた。

（２０３９、勝って）

エミリーは神に祈りたいような気分だった。

伊織は落ち着き払っていた。

「死ね」

伊織は刀を大上段に振りかぶり、仁礼に真っ向から打ちこんだ。

仁礼はそれを避け、左へ回って、伊織の小手を狙った。

「剣道じゃ、実戦剣法には勝てんぞ」

伊織は仁礼の足を狙った。

それも右を狙うと見せて、左を払ったのである。

仁礼は避けきれず、浅く斬られて尻もちをついた。

「死ぬがいい」

伊織が刀を振りかぶった時、燃えさかる本能寺の伽藍《がらん》の一部がぱあんとはじけて、火のついた木片が伊織の目を直撃した。

「うわあ」

伊織が獣じみた叫び声を上げた。

仁礼はその一瞬の隙を見逃さなかった。

立ち上がりざま、伊織の胴を充分に薙《な》いだ。

伊織は倒れた。

エミリーが駆け寄ってきた。

「やったわね」

仁礼は荒い息をしていた。

「ああ、何とか」

伊織はもがいていた。

思い切り斬りこんだので傷は深手である。

「見て」

エミリーが悲鳴を上げた。

「――――!」

伊織の体が霞《かす》んでいた。姿が消えていく。

仁礼は声にならない叫び声を上げて、伊織の体を摑《つか》もうとした。

伊織は消えた。

仁礼とエミリーは茫然として顔を見合わせた。

伊織は流されていた。

果てしない流れの中を。
そして確かに見た。
信長が、あの勅書をたてに帝に退位をせまり、自らは関白となるのを。
後に大坂と呼ばれるはずだった町が、洛陽と呼ばれるようになるのを。
伊織自身も信長に仕えていた。
そして、信長の信頼を得て出世していく。
そんな中で、またあの仁礼が出現した。
「――――!」
気がつくと、伊織は時空転移装置の前にいた。
つい今まで仁礼とエミリーがそこにいた。
いま二人は天正九年に向かって旅立ったのである。
激痛がした。
高林甚十郎の刀が肩先に食いこんでいる。
(そうか、俺はここで死ぬのか)
薄れゆく意識の中で、伊織ははっきりと悟った。
「――甚十郎」

うめくように伊織は言った。

「何だ？　言い残すことがあれば聞いてやる」

「おまえは今、自分の運命を斬った――」

それだけ言って、伊織の息は絶えた。


突然、大崩壊が起こった。

天正十年も霊鳳二年も二〇九五年も、ひとつの大きな嵐の中に巻きこまれた。

「見ろ、〝A界が消えていくぞ」

二〇九五年、T・F現象の最終局面で、フジオカは叫んだ。

信長がアジアの覇者となり、南海に大帝国を築く歴史である。

それが消えていく。


仁礼とエミリーも嵐に巻きこまれた。


気がつくと、二人は白昼の京の往来に立っていた。

「天下様じゃ」

誰かの声が聞こえた。

信長の行列だった。

わずかの供を連れ、本能寺へ入っていく。

本能寺は健在である。

「どうしたんだ？」

仁礼はエミリーに問うた。

「元へ戻ったのよ。歴史は修復された――」

「そうか」

仁礼は行列の中に、突然顔見知りを発見した。

高林甚十郎である。

声をかけようとした仁礼は、エミリーに乱暴に引き戻された。

「だめよ。この時点では彼はあなたのことを知らない」

「――しかし、このままでは」

そうだ。このまま本能寺へ入ることは死の運命しかない。

「仕方ないわ、運命よ」

「甚十郎」

仁礼は断腸の思いで甚十郎が本能寺へ入っていくのを見ていた。

「信長の栄華は終わるんだね」

仁礼は言った。

「そう、あれは時空の上の幻だったのよ」

「まぼろしか。そうかもしれない」


「人間五十年、下天《げてん》の内をくらぶれば、夢まぼろしの如くなり」


そんな声が聞こえたような気がした。

仁礼は立ち尽くした。

その意識の中に乱暴に食いこんでくるものがあった。

（2039、4062任務終了と認む。ただちに帰投せよ）

どこからかフジオカの声がした。

まもなく二人の姿は天正十年から消えた。

コスミック・時代文庫

本能《ほんのう》寺《じ》消失《しようしつ》
信長秘録

【著 者】
井《い》沢《ざわ》元彦《もとひこ》

【発行者】
杉原葉子

【発 行】
株式会社コスミック出版
〒154-0002 東京都世田谷区下馬 6-15-4
代表　TEL.03(5432)7081
営業　TEL.03(5432)7084
　　　FAX.03(5432)7088
編集　TEL.03(5432)7086
　　　FAX.03(5432)7090

【ホームページ】
http://www.cosmicpub.com/

【振替口座】
00110-8-611382

【印刷／製本】
中央精版印刷株式会社

乱丁・落丁本は、小社へ直接お送り下さい。郵送料小社負担にて
お取り替え致します。定価はカバーに表示してあります。

ISBN978-4-7747-6239-5 C0193